T0022852

El sueño de una noche de verano
Noche de Reyes

Clásica
Teatro

WILLIAM SHAKESPEARE

EL SUEÑO DE UNA NOCHE DE VERANO

NOCHE DE REYES

Edición y traducción de Ángel-Luis Pujante

AUSTRAL

ESPASA

Obra editada en colaboración con Editorial Planeta – España

Título original: *A Midnightsummer Night's Dream / Twelfth Night*

William Shakespeare

© 1996, 2006, Edición y traducción: Ángel-Luis Pujante

© 2011, Espasa Libros, S. L. U. – Barcelona, España

Derechos reservados

© 2023, Editorial Planeta Mexicana, S.A. de C.V.
Bajo el sello editorial AUSTRAL M.R.
Avenida Presidente Masarik núm. 111,
Piso 2, Polanco V Sección, Miguel Hidalgo
C.P. 11560, Ciudad de México
www.planetadelibros.com.mx

Diseño de la colección: Compañía

Primera edición impresa en España: 15-I-1996
Primera edición impresa en España en esta presentación: febrero de 2011
ISBN: 978-84-670-3410-3

Primera edición impresa en México en Austral: febrero de 2023
ISBN: 978-607-07-9622-7

No se permite la reproducción total o parcial de este libro ni su incorporación
a un sistema informático, ni su transmisión en cualquier forma o por cualquier
medio, sea este electrónico, mecánico, por fotocopia, por grabación u otros
métodos, sin el permiso previo y por escrito de los titulares del *copyright*.

La infracción de los derechos mencionados puede ser constitutiva de delito
contra la propiedad intelectual (Arts. 229 y siguientes de la Ley Federal de
Derechos de Autor y Arts. 424 y siguientes del Código Penal).

Si necesita fotocopiar o escanear algún fragmento de esta obra diríjase al
CeMPro (Centro Mexicano de Protección y Fomento de los Derechos de
Autor, http://www.cempro.org.mx).

Impreso en los talleres de Impresora Tauro, S.A. de C.V.
Av. Año de Juárez 343, colonia Granjas San Antonio, Ciudad de México
Impreso en México - *Printed in Mexico*

Biografía

William Shakespeare (Stratford-upon-Avon, Inglaterra, 1564 – 1616) fue un dramaturgo y poeta inglés, considerado uno de los más grandes escritores de todos los tiempos. Hijo de un comerciante de lanas, se casó muy joven con una mujer mayor que él, Anne Hathaway. Se trasladó a Londres, donde adquirió fama y popularidad en su trabajo; primero bajo la protección del conde de Southampton, y más adelante en la compañía de teatro de la que él mismo fue copropietario, Lord Chamberlain's Men, que más tarde se llamó King's Men, cuando Jacobo I la tomó bajo su mecenazgo. Su obra es un compendio de los sentimientos, el dolor y las ambiciones del alma humana, donde destaca la fantasía y el sentido poético de sus comedias, y el detalle realista y el tratamiento de los personajes en sus grandes tragedias. De entre sus títulos destacan *Hamlet*, *Romeo y Julieta*, *Otelo*, *El rey Lear*, *El sueño de una noche de verano*, *Antonio y Cleopatra*, *Julio César* y *La tempestad*. Shakespeare ocupa una posición única, pues sus obras siguen siendo leídas e interpretadas en todo el mundo.

ÍNDICE

INTRODUCCIÓN

EL SUEÑO DE UNA NOCHE DE VERANO

I

Se ha dicho que el momento más fantástico de todo Shakespeare se encuentra en EL SUEÑO DE UNA NOCHE DE VERANO, cuando al artesano Fondón (Bottom) le «encasquetan» una cabeza de burro. Cabe preguntarse si no es aún más fantástica la situación que sigue, en que Titania, la reina de las hadas, viene a enamorarse del asnal artesano. Siendo tan conocida, no deja de divertirnos la amorosa incongruencia, especialmente cuando vemos las muestras de ternura que la exquisita Titania le prodiga a su amada bestia:

> Ven, sobre este lecho de flores reposa,
> mientras te acaricio las tiernas mejillas,
> te cubro la lisa cabeza de rosas
> y beso tus grandes orejas, tan lindas.

O poco después, a punto de dormirse:

> Así es como la dulce madreselva se abraza
> suave a la enredadera; así la hiedra
> se enrosca en los ásperos dedos de los olmos.
> ¡Ah, cuánto te amo! ¡Cómo te idolatro!

EL SUEÑO DE UNA NOCHE DE VERANO es una de las obras más singulares de Shakespeare. Hay quien afirma que es la

mejor de sus «comedias románticas» y, por tanto, la prefiere a
NOCHE DE REYES, considerada habitualmente la más perfecta
de ellas. Es también una de las obras más populares del autor,
y sus posibilidades escénicas siempre la han hecho atrayente
para actores y directores teatrales. Habría que añadir que es
también mucho más que una «comedia simpática» o un «espectáculo mágico». Sin entrar en gustos ni preferencias, parece indiscutible que EL SUEÑO DE UNA NOCHE DE VERANO
presenta una serie de rasgos que la distinguen de las comedias
anteriores de Shakespeare y permiten entender mejor todas las
demás. Siendo una obra temprana, en ella ya aparece bien de-
finido el particular relativismo del autor, por el cual si algo
puede ser cierto, también lo contrario puede serlo.

Tratando los contrastes de este modo, Shakespeare compone una historia en la que se armonizan elementos dispares:
deseo y razón, cambio y permanencia, locura y cordura, el
mundo sobrenatural y el natural, y, dentro de esta, el grupo de
los mayores, el de los jóvenes amantes y el de los artesanos.
La acción transcurre supuestamente en la antigua Atenas, pero
Teseo es un duque medieval, no un rey griego, y el bosque, las
hadas y los artesanos son más ingleses que mediterráneos. Las
hadas pertenecen al folklore nórdico, pero el nombre de su rey
Oberón procede de un relato medieval francés, y el de su reina
Titania, de las *Metamorfosis* de Ovidio. Y así sucesivamente.
EL SUEÑO DE UNA NOCHE DE VERANO da realce a la fantasía y
la imaginación, y resalta su papel en la vida y en el arte. En
esta obra, y para decirlo con sus palabras, Shakespeare hace
que «concuerde esta discordia» pasando fluidamente de uno a
otro grupo y haciendo que los diversos materiales «compon-
gan un todo consistente». No parece exagerado afirmar, como
hace David Young, que esta comedia es la «*ars poetica* de
Shakespeare engastada en un perfecto ejemplo de su arte»[1].

---

[1]   Para ésta y otras referencias véase la Bibliografía selecta, págs. 47-52.

II

EL SUEÑO DE UNA NOCHE DE VERANO no está basado en ningún relato previo o, al menos, no se le ha encontrado ninguna fuente directa. Parece, pues, que Shakespeare, contra su método y costumbre, inventó en esta ocasión su propia historia[2]. Sin embargo, algunos elementos de la comedia sí que tienen un origen conocido. Shakespeare pudo leer la historia de Teseo en las *Vidas paralelas,* de Plutarco, y en *Los cuentos de Canterbury,* de Geoffrey Chaucer, concretamente en «El cuento del caballero» (que, a su vez, es una versión reducida de *La Teseida,* de Boccaccio). Este relato, que trata de dos amantes rivales[3], pudo inspirar la pareja Lisandro-Demetrio, enfrentados sucesivamente en su amor a Hermia y a Helena. En cuanto al mito de Píramo y Tisbe que representan los artesanos, Shakespeare sin duda lo conocía por las *Metamorfosis* de Ovidio. No obstante, el Teseo de Shakespeare difiere del de Chaucer, y la historia amorosa de los jóvenes atenienses es una parodia del cuento original. En cuanto al «Píramo y Tisbe» de los artesanos, no es más que una caricatura del relato de Ovidio.

De las *Metamorfosis* también parece proceder indirectamente el nombre de Titania (en Ovidio la diosa Juno aparece mencionada como una de las «titánides»). A este respecto, se ha pensado que, al situar la acción en la antigua Atenas, Shakespeare prefiere este nombre para su reina de las hadas, descartando su tradicional nombre celta (Mab), que sí emplea en

---

[2]   La gran mayoría de las obras de Shakespeare se basan en historias preexistentes de carácter literario, histórico o pseudohistórico. Las excepciones son, además de *El sueño de una noche de verano, Trabajos de amor perdidos* y *La tempestad.*

[3]   Este cuento de Chaucer es la fuente principal de *Los dos nobles parientes (The Two Noble Kinsmen),* obra de colaboración entre Shakespeare y John Fletcher escrita seguramente en 1613, es decir, unos dieciocho años después de *El sueño de una noche de verano.* Esta colaboración de Shakespeare podría ser su último trabajo dramático.

Romeo y Julieta[4]. Además, Shakespeare se inventa un «rey de las hadas» procedente en última instancia de la mitología franco-germánica: en el *Huon de Bordeaux,* canción de gesta francesa del siglo XIII, figura un enano llamado Auberon, del que se decía que era hijo de Julio César y el hada Morgana.

En lo que respecta al amorío de Titania con el artesano Fondón, se suele decir que la idea proviene de las *Metamorfosis* de Apuleyo: en esta obra, un ser humano es transformado en asno (dentro del relato «El asno de oro») y se cuenta que Venus, celosa de Psique, le pide a su hijo Cupido que la induzca a enamorarse del ser más vil de la tierra. Sin embargo, no se especifica el ser, ni se llega a producir tal enamoramiento. Si Shakespeare se basó en Apuleyo, lo hizo combinando y ampliando con humor y fantasía dos elementos que en su obra no guardaban entre sí ninguna relación. Tanto en este como en los casos anteriores, es más lo que Shakespeare inventa y transforma que lo que conserva.

III

La historia teatral de EL SUEÑO DE UNA NOCHE DE VERANO suele ser la de la presentación escénica de las hadas. En 1970 el director Peter Brook decidió que estos personajes fueran representados por actores adultos subidos a diversos trapecios en un escenario que no era sino una gran caja blanca. Brook rompió así con una larga tradición de seres fantásticos y maravillosos encarnados por niñas, niños o muchachas. Iniciada sin duda en tiempos de Shakespeare, esta tradición teatral tenía una base «realista»: se trataba de reflejar visualmente la idea popular de las hadas como seres diminutos con figura humana; en definitiva, de dar vida artística a unos personajes que

---

[4]   Exactamente en el parlamento de Mercucio, hacia el final de la escena cuarta del primer acto.

seguían estando muy presentes en la imaginación de los contemporáneos de Shakespeare.

Llama, por tanto, la atención que en algunas ediciones inglesas de la obra o en algunos artículos sobre ella se cite a algún tratadista del siglo XVI que no creía en seres sobrenaturales, o incluso a Chaucer, en cuyos *Cuentos de Canterbury* afirma un personaje que en tiempos del rey Arturo el país estaba lleno de hadas, pero que en su época (siglo XIV) ya no se veía ninguna[5]. Sin embargo, una cosa son las opiniones personales de ilustrados (entre los que habría que incluir al propio Shakespeare), y otra, la pervivencia popular, en mayor o menor grado, de antiguos mitos y creencias. Según una de estas, las hadas robaban niños de las cunas, dejando a otros en su lugar (los llamados *changelings).* Pues bien, hasta el siglo XIX algunos padres mataban a criaturas feas o enfermizas por creerlas dejadas por las hadas.

Shakespeare resalta los rasgos tradicionalmente atribuidos a estos seres: su carácter sobrenatural, sus poderes mágicos, su hedonismo, su actitud amistosa y su gusto por la música, la danza y el color verde (habitan el bosque y muestran una intensa asociación con las plantas y las flores). En el texto original, a las hadas se las denomina indistintamente elfos («elves») o hadas («fairies»), y se las concibe, al menos gramaticalmente, como seres masculinos: Fondón llama «master» (maese) o «monsieur» a cada una de ellas[6]. Por lo visto, esta indefinición era ya tradicional, puesto que dos siglos antes, y en la cita antes mencionada, el mismo Chaucer equiparaba a las hadas con los elfos. Comoquiera que sea, importa recordar que Shakespeare dota a sus hadas de un rey, además de la ha-

---

[5]   Exactamente al comienzo de «El cuento de la viuda de Bath».

[6]   Esta discrepancia suele obligar a un ajuste en la traducción (en la que aquí se ofrece, empleando «madame» en vez de «monsieur»). En su clásica traducción alemana (la que usó Mendelssohn al componer su versión musical de la comedia), August Wilhelm Schlegel optó por llamarlas siempre elfos, presentándolas, por tanto, como seres masculinos.

bitual reina. La razón parece ser más bien artística. La pareja
Oberón-Titania ofrece un paralelo con la de Teseo-Hipólita de
diversas consecuencias prácticas. Si las disensiones entre rey
y reina pueden tener efectos sociales y políticos, las de Oberón y Titania tienen efectos destructivos en la naturaleza. Dice
Titania que, por culpa de su disputa, las aguas de los ríos han
anegado los campos, impiden toda labor y entristecen a los
mortales, y que las cuatro estaciones se confunden entre sí.
Sin embargo, además de mostrar su poder sobrenatural, lo que
le interesaba especialmente a Shakespeare era dotar a esta pareja de flaquezas, pasiones y sentimientos humanos: su discusión en II.i nos hace pensar más en mortales que en hadas, especialmente cuando vemos que Titania reprocha a Oberón su
«buen entendimiento» con Hipólita, y que Oberón acusa a Titania de su «amor por Teseo» y después decide vengarse de
ella.

Sin embargo, Shakespeare suaviza notablemente los rasgos
negativos de estos seres. Titania ha robado un niño indio que
Oberón desea para su cortejo y por cuya posesión discuten ambos, pero la reina de las hadas «explica» su relación con la madre, una mortal que murió en el parto: más que haber robado el
niño, parece que Titania ha asumido la responsabilidad de
criarlo en razón del gran cariño que la unía a ella. Esta intervención mágica de las hadas en favor de los humanos se evidencia desde el primer momento (Oberón, al ver a Helena me-
nospreciada por Demetrio, ordena que se aplique al joven la
flor que le hará enamorarse de ella), y se manifiesta plenamente
al final (Oberón, Titania y sus hadas van a bendecir el palacio
ducal y a las parejas de recién casados). Además, y para que su
identidad no se confunda, Shakespeare le hace declarar a Oberón que no tienen nada que ver con fantasmas, ánimas en pena
o seres del mal: «Espíritus somos de otro orden».

La comedia, que se ve favorecida por la presencia de estos
seres, también se enriquece con el personaje de Robín. Shakespeare incorpora al mundo de las hadas a este espíritu del
folclore inglés, convirtiéndole en duende y en paje de Oberón.

Precisemos que, en las ediciones inglesas y en las traducciones de la obra, este personaje ha venido figurando desde el siglo XVIII con el nombre de Puck, ya que los primeros editores modernos dieron función de nombre propio a lo que es un nombre común. Sin embargo, en el original de Shakespeare se le llama por su nombre tradicional (Robin Goodfellow) y no parece haber dudas de que el término *puck* se use con su significado de «duende» o «trasgo»[7]. Comoquiera que sea, en tiempos de Shakespeare este ser pintoresco era algo así como un espíritu nacional de la broma ligado a las tradiciones rurales y a las costumbres y creencias populares. Shakespeare acentúa su torpeza, que, unida a su afán de travesuras, provoca los cómicos enredos de la obra. A su vez, este ánimo travieso, esta irresponsabilidad infantil le acomoda fácilmente en el mundo de las hadas, no menos infantil y esencialmente lúdico.

IV

EL SUEÑO DE UNA NOCHE DE VERANO, al igual que NOCHE DE REYES, pertenece al grupo de las llamadas «comedias románticas» de Shakespeare, también llamadas «comedias de amor». No es fácil reducir el conjunto a una sola fórmula, ya que en entre ellas hay notables diferencias. Sin embargo, en todas hay un rasgo común: el amor que mueve a las parejas hacia el matrimonio tras vencer una serie de obstáculos.

Aunque no pueda tener validez general, la teoría de Northrop Frye sobre las comedias de Shakespeare puede ser aquí de aplicación. Observa Frye que las convenciones de estas comedias guardan relación con los ritos que celebran el triunfo del

---

[7]   En nuestros días, las *Complete Works* de Shakespeare publicadas por Oxford University Press (1987), la edición individual de la obra para esta editorial (1994) y la edición «New Folger Library» (1993) son las únicas en que se vuelve a los orígenes y se llama al personaje «Robin» en lugar de «Puck».

verano sobre el invierno, de la vida sobre la muerte. En algunas de ellas, la acción requiere la presencia, junto al «mundo real», de un «mundo alterno», y más concretamente, de un «mundo verde»: el bosque de EL SUEÑO DE UNA NOCHE DE VERANO o de *Como gustéis,* un lugar de magia, ensueño o liberación espiritual en el que se alcanza la solución feliz de la comedia y del que se regresa transformado o regenerado. Se puede pensar que el «mundo dorado» de Bélmont en *El mercader de Venecia* puede ser una variante del mencionado «mundo verde», pero el doble ámbito ya no lo encontramos (o no lo encontramos del mismo modo) en NOCHE DE REYES.

Añade Frye que, entre los obstáculos materiales y humanos que pueden impedir o estorbar la solución feliz, Shakespeare incluye un personaje anticómico (malvado, extraño, puritano o simplemente aguafiestas): Shylock en *El mercader de Venecia,* Jaime en *Como gustéis* o Malvolio en NOCHE DE REYES. Shakespeare añade, pues, un problema, un verdadero conflicto dramático y moral, que al final resolverá armónicamente, aunque en algún caso la solución pueda ser de dudosa armonía (por ejemplo, la condena de Shylock en *El mercader de Venecia)* [8].

EL SUEÑO DE UNA NOCHE DE VERANO, comedia anterior a las citadas, es también una obra más leve. Desde luego, en ella habrá que superar todos los obstáculos que amenazan a los amantes, pero Shakespeare no desarrolla ningún personaje anticómico comparable a los antes mencionados. El que podría serlo, Egeo, padre de Hermia, aunque al principio consigue el apoyo del duque para que aplique la ley contra su hija, al final lo pierde porque Teseo prefiere el espíritu de concordia al rigor de la ley.

Por otra parte, las comedias de Shakespeare suelen estar asociadas a fiestas y celebraciones, sobre todo a las propias de determinadas estaciones. Tampoco esta observación es aplica-

---

[8]   Sobre estos rasgos de las comedias de Shakespeare puede verse también mi edición y traducción de *El mercader de Venecia* y *Como gustéis* para la colección Austral de Espasa Calpe (núm. 219), págs. 17-20.

ble por igual a todas las comedias, pero, como han mostrado Barber y Laroque, EL SUEÑO DE UNA NOCHE DE VERANO se basa inicialmente en las tradicionales fiestas de mayo (el «May Day» inglés, que viene a equivaler a nuestros «mayos» o «mayas» [9]); es decir, en la celebración de la llegada de la primavera. Sus actividades, que iban desde coger flores en el bosque hasta recrearse con bailes populares, tenían sus orígenes en antiguas ceremonias de fertilidad. Este carácter se mantenía en tiempos de Shakespeare en forma de huidas nocturnas al bosque de hombres y mujeres, muchachos y muchachas, con el consiguiente aumento de población a los nueve meses: la ocasión del placer sexual en la floresta es la que Lisandro desea aprovechar con Hermia en II.ii.

Sin embargo, los ritos de mayo coexisten aquí curiosamente con las celebraciones, de origen precristiano, de la noche que da título a la obra [10] (y que en nuestros tiempos llamamos de San Juan). Como observa Laroque, Shakespeare combina las dos noches como si fueran equivalentes jugando con la semejanza entre ambas. Una u otra proporcionaban el momento adecuado para los sucesos sobrenaturales del bosque, pues se creía que en ellas podían verse hadas o que estas podían ser más poderosas entonces que en el resto del año. Sin embargo, las celebraciones de la noche de San Juan diferían de las de mayo en la magia floral (se creía que las hierbas y flores cogidas en esa noche tenían poderes mágicos) y en la locura y los sueños de amor que supuestamente provocaban. Seguramente son estos dos rasgos los que más justifican el recurso a la noche de San Juan, sobre todo la locura de amor, que es uno de los temas centrales de la comedia.

---

[9]   Estudiados por Julio Caro Baroja, al igual que las fiestas de San Juan, en su *La estación de amor* (véase Bibliografía selecta, págs. 47-52).
[10]   En el original inglés, «midsummer night», noche del 23 de junio, que viene a coincidir con el solsticio de verano.

V

EL SUEÑO DE UNA NOCHE DE VERANO ofrece una extraordinaria variedad poética. En ella alterna el lenguaje formal con el coloquial y el lírico con el burlesco, sin que se pierda la sensación de que las distintas piezas componen un mismo mosaico[11]. Predomina el verso, aunque, como es frecuente en Shakespeare, la prosa se nos muestra bastante elaborada. En cuanto al verso, EL SUEÑO DE UNA NOCHE DE VERANO es excepcional por su alto número de rimas.

A este respecto, se suelen observar afinidades entre esta obra y otras como *Romeo y Julieta* y *Ricardo II,* que, siendo de contenido bien distinto, revelan una poética muy semejante: parece que Shakespeare escribió las tres seguidas, acaso en el mismo año (se propone el de 1595)[12]. En ellas hay más rimas de lo habitual en sus dramas, se exhiben abiertamente los amplios recursos verbales de Shakespeare, y su lenguaje figurado ya empieza a mostrar una función dramática y no sólo ornamental, como acabará siendo usual en sus obras maduras. No obstante, en EL SUEÑO DE UNA NOCHE DE VERANO el número de versos rimados, que incluso rebasa el de los habituales versos blancos, la sitúa muy por delante de las otras dos[13]. Además, en los rimados, los metros y los ritmos son muy diversos, lo que contribuye a aumentar la ya rica variedad poética de la comedia.

Toda esta estilización, toda esta variedad, todos estos juegos poéticos y retóricos estarían fuera de lugar en otra obra; sin ellos cuesta imaginar EL SUEÑO DE UNA NOCHE DE VERANO. Su lenguaje es el adecuado a una comedia que reúne a

---

[11]   Tanto aquí como en las líneas que siguen me refiero al original de Shakespeare. Sobre la traducción véase Nota preliminar, págs. 53-55.

[12]   Véase a este respecto Nota preliminar, págs. 53-55.

[13]   En *Romeo y Julieta* y *Ricardo II,* el número de versos rimados no llega a la quinta parte del total de los versos. En *El sueño de una noche de verano,* de los aproximadamente mil ochocientos versos riman unos novecientos cincuenta.

personajes tan dispares en situaciones tan cambiantes. Es más, para Shakespeare no se trata simplemente de juntar a grupos distintos, sino de que estos, aunque no lleguen a coincidir todos a la vez, puedan relacionarse fluidamente entre sí. Ya desde el principio podemos observar una clara y cuidada interrelación de personajes. La comedia empieza en el «mundo real» de la corte de Atenas con el anuncio de las bodas del duque Teseo e Hipólita. La alegría de las celebraciones parece verse amenazada por la denuncia de Egeo contra su propia hija, que la llevará a huir al bosque (el «mundo alterno») junto con Lisandro. A continuación (I.ii) vemos un grupo de artesanos dispuestos a ensayar en el bosque una obra que será representada en las bodas. La escena siguiente nos muestra a los espíritus del bosque, unas hadas cuyos reyes, Oberón y Titania, tienen problemas matrimoniales y se acusan de relaciones con los mortales Hipólita y Teseo. Rápida y eficazmente, Shakespeare va conectando a los distintos grupos y convenciéndonos de que, pese a las diferencias, todos están reunidos en un solo haz.

VI

La acción de EL SUEÑO DE UNA NOCHE DE VERANO ocupa dos días y una noche (exactamente, una larga noche precedida y seguida de un día) y presenta una estructura simétrica: tanto las dos primeras escenas como las dos últimas transcurren en Atenas, mientras que el resto (núcleo de la acción) sucede en el bosque. La primera y la última reúnen a las tres parejas de amantes (en la primera, en discordia; en la última, en nupcial armonía); la segunda y la penúltima congregan a los artesanos (en la segunda, preparándose para la obra; en la penúltima, a punto de representarla).

La comedia se inicia en un ambiente formal y convencional. El duque Teseo anuncia sus bodas con Hipólita y ordena a su maestro de ceremonias que invite a la alegría a los jóvenes de Atenas, pero la solemnidad del momento hace a los novios

más comedidos que efusivos. Esta situación «oficial» se acentúa con la entrada de Egeo, que expone ante el duque el conflicto con su hija Hermia y, amparándose en las leyes atenienses, exige que, bajo pena de muerte, Hermia se case con quien
él quiere (Demetrio), y rechace al que ella ama (Lisandro). Teseo, benévola pero convencionalmente, apoya la ley del pa-
triarca, lo que llevará a Hermia a fugarse con Lisandro. La entrada de Helena, amiga de Hermia y enamorada de Demetrio,
introduce un nuevo avance en la acción: informada de la pre-
vista fuga, decide avisar a Demetrio para ganarse su favor, lo
que, a su vez, llevará a este amante al bosque en pos de Hermia, y a Helena tras Demetrio.

Queda así establecido el contraste entre las dos generacio-
nes (Teseo e Hipólita, novios ya maduros, pertenecen a la de
los mayores) y, más concretamente, el conflicto entre padres e
hijos, entre deseo y razón, ceguera y clarividencia. Aunque la
acción empieza nada menos que con una amenaza de muerte,
no tardaremos en advertir el tono de levedad que caracteriza a
esta comedia: la huida al bosque está relacionada con celebraciones festivas, y la presencia de los artesanos y de las hadas
(y especialmente la de Robín) son algunos de los elementos
contrastivos que pronto nos hacen olvidar la gravedad inicial.
Aquí y más adelante, los jóvenes amantes se expresan en un
diálogo graciosamente convencional y estilizado que los man-
tiene a la conveniente distancia afectiva del público. Como a
veces se observa, no es esta una comedia que aspire a explorar
complejidades psicológicas (no es una comedia de carácter), y
por eso no debe extrañarnos el parecido entre los jóvenes. Se
puede decir que Hermia es más atrevida que Helena o que Demetrio es más soñador que Lisandro, pero, en el conjunto de la
obra, está claro que los personajes están al servicio de una acción en la que priman los equívocos y los mecanismos que llevan a su solución.

A continuación, los artesanos, primero en Atenas y después
en el bosque, mencionarán las próximas bodas de Teseo, y lo
mismo harán las hadas. De este modo no sólo se establece una

relación entre los grupos, sino que también se nos recuerda el anuncio inicial, cuyo cumplimiento implicará la vuelta al orden y la conclusión de la comedia. Porque, en efecto, es en el bosque donde se expone y despliega la discordia entre los jóvenes amantes y entre los reyes de las hadas. Shakespeare dispone ahora una cadena de «coincidencias» que dará origen a las distintas confusiones. Demetrio aparece desdeñando a Helena cuando Oberón ha decidido vengarse de Titania con la flor mágica: el rey de las hadas ordenará a Robín que se la aplique igualmente a Demetrio. Como después entran Lisandro y Hermia, Robín se equivoca de amante y le aplica el jugo a Lisandro, con el resultado de que este se enamorará de Helena y rechazará a su amada Hermia. Pero esto es sólo el comienzo.

VII

La llegada de los artesanos al bosque añade nuevas confusiones. Su torpeza y su falta de imaginación, demostradas ya en su primera aparición, vuelven a manifestarse ahora en sus ensayos. Parece que con ellos Shakespeare se proponía burlarse de las compañías de aficionados, pero también es muy probable que se sirviera de sus limitaciones para presentar cómicamente el contraste entre imaginación y realidad, que acabará siendo el tema principal de la obra.

La tosquedad de los artesanos, que ensayan a gritos mientras duerme la reina de las hadas, lleva a Robín a «encasquetarle» a Fondón la cabeza de burro. Es ahora cuando despierta Titania y, bajo el efecto de la flor mágica, se enamora del asnal personaje. Por otro lado, y tras ser advertido de su error con los jóvenes atenienses, Robín se dispondrá a corregirlo aplicándole la flor a Demetrio (pero sin haber eliminado sus efectos en Lisandro). Los equívocos alcanzan ahora su apogeo. Demetrio por fin se enamora de Helena, pero ahora ella se siente burlada y vejada por los dos, lo que provoca la rivalidad de ambos por su amor. Entra Hermia y su amado Lisandro la rechaza, pero Helena cree que está en alianza con ellos para humillarla, lo que causa una cruda riña entre las dos amigas. Demetrio y Lisandro se disponen a batirse en duelo.

Resuelta la disputa entre los reyes de las hadas, Oberón decide sacar a Titania de su estado y ordena a Robín que devuelva a Fondón a la normalidad y elimine los equívocos que enfrentan a los jóvenes de Atenas. Ahora todos quedarán durmiendo en paz mientras se va acercando el nuevo día. Al despertar, la reacción de los durmientes es idéntica: todos llaman sueño a lo que el lector o espectador ha visto como una realidad. Los jóvenes amantes creen despertar de una pesadilla y se sienten aliviados, sobre todo cuando ven que el duque Teseo da por buena la armonía resultante y decide unir las tres bodas. Fondón siente que su sueño es inexplicable y, cual si hubiera sido una experiencia trascendente, la comenta embrollando unas palabras de San Pablo. Al fin y al cabo, es el único que ha tenido trato con las hadas.

Titania, en cambio, tras despertar verá a su lado a Fondón, todavía con cabeza de asno. Si las hadas provocaban sueños de amor, lo irónico no es sólo que su reina también se vea afectada, sino que sea ella la única que pueda comprobar la realidad de su sueño. En cualquier caso, las reacciones de todos ellos plantean con más claridad el contraste entre imaginación y realidad, que Teseo comentará explícitamente al comienzo del último acto.

VIII

Teseo, que no cree en «historias de hadas ni en cuentos quiméricos», rechaza las experiencias nocturnas de los jóvenes. Para esta mente racionalista, el loco, el amante y el poeta pertenecen a la misma especie: los tres «están hechos por entero de imaginación». A su modo, cada uno de ellos ve y crea lo que no existe, y confunde lo imaginario con lo real. En definitiva, Teseo viene a decir, y lo dice con elocuencia, que las aventuras de los jóvenes no son más que un engaño.

Pero el lector o espectador no lo ve así. Los jóvenes atenienses vuelven del bosque cambiados y más maduros que antes. Como responde Hipólita, se trata de algo más que una ilusión:

> Mas los sucesos de la noche así contados
> y sus almas a la vez transfiguradas
> atestiguan algo más que fantasías
> y componen un todo consistente,
> por extraño y asombroso que parezca.

En consecuencia, los amantes traen al «mundo real» la experiencia de ese «mundo alterno» de imaginación y fantasía. Y ello es así porque, como observa acertadamente Stanley Wells, lo «ilusorio» (sueños, visiones, comedias) forma parte de la experiencia total de la realidad.

El parlamento de Teseo resulta irónico tras los sucesos del bosque, pero lo es aún más teniendo en cuenta lo que sigue: una grotesca función teatral creada de «la nada impalpable» por un poeta y seguida del regreso de las hadas. La primera, que funciona como teatro en el teatro, presenta en tono de farsa lo que en realidad es una tragedia. El mito de Píramo y Tisbe, la historia de un amor frustrado por oposición paterna, ofrece un paralelo trágico con los amores de los jóvenes amantes de la comedia de Shakespeare, inicialmente frustrados por Egeo.

La farsa reside tanto en el texto como en la representación. Parece que Shakespeare se proponía parodiar la ridícula lengua dramática de algunos contemporáneos, desde sus errores de estilo hasta sus rimas irregulares y torpes. En cuanto a la representación, los artesanos, que no son profesionales del teatro, se muestran incapaces de crear la menor ilusión escénica. Sin embargo, no se puede decir que fracasen (más bien lo contrario), porque, si todos los actores necesitan la participación de su público, los artesanos cuentan con el apoyo de Teseo. El duque sabe muy bien que son desastrosos, pero los acoge y aplaude benévolamente porque no duda de su buena intención. La actitud de Teseo está a tono con su voluntad de concordia y armonía, pero la generosidad que recomienda es irónica porque no va dirigida solamente a los recién casados que ahora hacen de público, sino a todos los espectadores de la comedia de Shakespeare: en esta, al igual que en la obra de Píramo y Tisbe, no hay nada «real», pero nuestra participación benévola e imaginativa puede darle una realidad, un «espacio de existencia».

Lo mismo ocurre con las hadas, y por eso su vuelta en este acto es significativa. Su presencia no sólo confirma la estrecha visión de Teseo, sino que reivindica la imaginación y sus frutos a partir de la propia idea negativa de Teseo. Con ellas viene Robín, que tiene el privilegio de la última palabra para decirnos que también nosotros hemos vivido un sueño del poeta, una creación imaginaria que podemos integrar en nuestra vida. La metáfora del arte como sueño no era ninguna novedad, pero sí la manera como la expresa Shakespeare. Si somos capaces de suspender nuestros prejuicios, podremos conciliar razón e imaginación y alcanzar una visión más plena. De este modo, Robín podrá cerrar su epílogo invitando a la amistad y a la participación festiva con la vena risueña y el sano optimismo de toda la comedia.

NOCHE DE REYES O LO QUE QUERÁIS

I

NOCHE DE REYES [14] contiene una de las escenas más cómicas de Shakespeare, y en ella no escasean las bufonadas. Su humor ya fue apreciado en tiempos del autor. En 1602 el Middle Temple [15] de Londres celebró la Candelaria con una representación de la comedia, y uno de los espectadores, el entonces estudiante John Manningham, anotó en su diario:

> En nuestra fiesta vimos una obra llamada *Noche de Reyes o lo que queráis;* muy parecida a *La comedia de las equivocaciones* o a *Menaechmi* de Plauto, pero aún más parecida y próxima a la que en italiano se llama *Inganni.* Buen enredo el de hacer creer al mayordomo que su ama viuda estaba enamorada de él imitando una carta como si fuera de su ama en términos generales, diciéndole lo que más le gustaba de él y prescribiéndole el gesto al sonreír, su atuendo, etc. Y luego, cuando lo puso en práctica, haciéndole creer que le tomaban por loco.

---

[14] *La noche de Reyes* es el título de la primera traducción española de la obra, de Jaime Clark *(Dramas de Shakespeare,* Madrid, 1870-1876?). También se la ha traducido por *Noche de Epifanía* o *La duodécima noche.*

[15] Una de las cuatro instituciones de los «Inns of Court», que venían a ser una especie de Facultad de Derecho.

Prescindiendo del error de Manningham (Olivia no es viuda), y aunque la brevedad de su nota no invite a sacar demasiadas conclusiones, sí parece que la burla de Malvolio le había llamado bastante la atención, acaso más que la acción principal (lo que menciona de esta se refiere principalmente a los elementos de enredo).

Por otra parte, el título de la comedia puede confundir: no hay nada en ella que la relacione explícita o inequívocamente con la fiesta de la Epifanía, última de las de Navidad, ni con la estación del año en que podría transcurrir la acción. La segunda parte del título («Lo que queráis») añade más imprecisión, ya que nos permite elegir otro mundo, otro tipo de comedia u otro título distintos de los ofrecidos. Unos veinte años después de la muerte del autor, el rey Carlos I de Inglaterra respondió anotando «Malvolio» en su ejemplar del segundo infolio de Shakespeare [16], haciendo así su elección personal y convirtiendo al mayordomo en protagonista de la obra.

Sin embargo, NOCHE DE REYES es mucho más que «la farsa de Malvolio» o que cualquier farsa: es el adiós de Shakespeare a sus comedias románticas y, sin duda, la culminación de todas ellas. Combina hábilmente la comedia de carácter con la de enredo, y su trama principal encierra algunas de las escenas más líricas del autor. Como se ha observado, es una recapitulación de materiales anteriores y, al mismo tiempo, tiene la autenticidad de la obra de arte original. Su propia riqueza dramática puede desorientar, haciendo que se prime más de lo debido a un determinado personaje o componente a expensas de otros. Sin embargo, más aún que EL SUEÑO DE UNA NOCHE DE VERANO, NOCHE DE REYES es un prodigio de síntesis: desde el más crudo realismo hasta la más tenue melancolía, abarca una gran diversidad de situaciones dramáticas integradas en un todo sabiamente equilibrado. Expo-

---

[16]   Segunda edición de las obras dramáticas de Shakespeare, publicada en 1632. El primer infolio data de 1623. Véase también Nota preliminar, págs. 53-55.

ner este equilibrio será el principal objetivo de las páginas
que siguen.

II

La anotación de Manningham antes citada asocia NOCHE
DE REYES con tres comedias anteriores: la clásica *Menaechmi
(Los mellizos)* de Plauto, los *Inganni (Engaños),* título de dos
comedias italianas de la segunda mitad del siglo XVI, y *La comedia de las equivocaciones,* del propio Shakespeare. En general, la asociación es correcta y el modelo lejano es, efectiva-
mente, la comedia de Plauto, que explota la confusión de
identidades entre dos hermanos gemelos y que dará tema a
Shakespeare para su *Comedia de las equivocaciones* (en la
que ya hay dos parejas de gemelos). En cuanto a los *Inganni,*
las dos comedias italianas con este título derivaban a su vez de
Gl'ingannati (Los engañados), comedia anónima estrenada en
Siena en 1531. Es esta obra la que introduce el motivo de la
muchacha que, disfrazada de paje, sirve a su amado; motivo
que llegará a ser muy popular en toda Europa, especialmente
en el teatro español del Siglo de Oro [17].

La trama principal de NOCHE DE REYES es parecida a la de
Gl'ingannati (se ha dicho que tal vez Manningham se con-
fundiera de título y se estuviese refiriendo realmente a esta
comedia). Su argumento sirvió a Bandello para una narración
que más tarde fue traducida al francés por Belleforest. Aunque Shakespeare pudo conocerla en cualquiera de estas tres
versiones, la fuente directa del autor tuvo que ser el relato inglés «Apolonius and Silla», que formaba parte de la colección *Farewell to Military Profession,* de Barnaby Riche, publicada en 1581. El párrafo que sigue es un resumen del
relato.

---

[17] *Los engaños,* de Lope de Rueda, es la primera adaptación española de
este tema.

Silla, hija del gobernador de Chipre, se enamora del duque Apolonius de Constantinopla cuando este es huésped de su padre. Acompañada de un criado, Silla navega a Constantinopla en pos del duque, pero naufraga. Llegada a tierra, se disfraza de hombre y se hace llamar por el nombre de su hermano gemelo, Silvio, que está en la guerra. Consigue entrar al servicio de Apolonius, que la envía con mensajes amorosos a Julina, que, a su vez, se enamora de Silla. En esto vuelve a Chipre su hermano Silvio y, al ser informado de la huida de Silla, decide ir en su busca. Llega a Constantinopla, donde Julina le confunde con su hermana, le acoge en su casa y se acuesta con él. Silvio, no obstante, decide marchar y seguir buscando a su hermana. Entre tanto, Apolonius, tras averiguar que Julina se ha prometido a otro hombre y que él no es otro que su propio paje, encierra a Silla en un calabozo. Cuando Julina se da cuenta de que está encinta, acude a Apolonius y acusa a su paje de ser el padre, lo que obliga a Silla a revelar su identidad. Al final, el duque se casa con Silla, y Silvio, avergonzado de haber abandonado a Julina, regresa y se casa con ella.

Aunque Shakespeare toma bastantes elementos de este relato, su NOCHE DE REYES difiere sustancialmente de esta y de las demás historias previas. A diferencia de Silla o de las amantes anteriores, Viola no va tras ningún hombre: entra al servicio de Orsino porque no tiene posibilidades de servir a Olivia. En tanto que huérfana, su situación le da más pasividad y delicadeza, pero también más fortaleza e independencia que a las anteriores protagonistas. También cambian la situación y los motivos de Olivia: la dama no es sólo pretendida por el duque, sino que, al haber quedado sola al frente de su condado, tiene dos nuevos pretendientes, por ridículos que sean. Además, el duque Orsino adquiere en Shakespeare un carácter muy distinto del amante de historias precedentes.

La acción secundaria de NOCHE DE REYES es invención de Shakespeare, y con ella personajes como don Tobías, don Andrés, Feste y Malvolio. En este se ha querido ver a un célebre contemporáneo de Shakespeare, Sir William Knowlys, austero y de temperamento puritano, que, entre otras cosas, se quejaba de las fiestas nocturnas y de la lucha del oso[18]. Comoquiera que sea, no cabe duda de que tanto Malvolio como los demás corresponden a tipos sociales bien concretos, cuyo carácter realista ofrece un hábil contraste con el de los personajes principales.

Por último, y como a veces se ha observado, NOCHE DE REYES también incorpora temas y elementos de las anteriores comedias de Shakespeare. Además de la confusión de identidades antes mencionada de *La comedia de las equivocaciones* (en la que, por cierto, también hay un naufragio), bastaría citar la amistad ferviente y abnegada, como en *El mercader de Venecia* (en que el amigo también se llama Antonio); la broma amorosa de Malvolio, parecida a la de *Mucho ruido por nada,* y el amor de una muchacha por otra disfrazada de hombre, igual que en *Como gustéis.* También se ha observado que el personaje de don Tobías recuerda mucho a Falstaff, tanto al de *Las alegres comadres de Windsor* como al de *Enrique IV.*

Con todos estos elementos ajenos y propios, Shakespeare cambia sustancialmente el tono y la orientación de la historia original. Aun con una trama más compleja, NOCHE DE REYES se desenvuelve con mayor soltura y credibilidad que el relato melodramático de Riche y que *Gl'ingannati* (cuya intriga mecánica y abierta sexualidad evita Shakespeare); lleva a la acción secundaria el humor y la chanza, y reserva para la principal el lirismo, la melancolía y la sutil caracterización que tanto distinguen a esta comedia.

III

NOCHE DE REYES demuestra una gran libertad compositiva y, pese a claras semejanzas de detalle con las anteriores come-

---

[18]   Véase nota 6, pág. 157.

dias de Shakespeare, difiere sensiblemente de ellas. Esquemas que podrían ser útiles para EL SUEÑO DE UNA NOCHE DE VE-RANO o *Como gustéis* (según las teorías de Frye o de Barber [19]), no sólo son aquí de muy escasa aplicación, sino que pueden impedir una recta apreciación de la comedia.

Por lo pronto, aunque Iliria sea un país de fantasía, no es un «mundo alterno» o «mundo verde» contrapuesto a otro injusto o arbitrario, sino un ámbito cerrado en sí mismo: los gemelos llegan a ella tras un accidente, no por su voluntad; y de su país de origen, al que no regresan, no sabemos nada. El personaje de Malvolio sí puede ser comparable al de otros «extraños» de Shakespeare, pero su sola presencia y la broma de que es objeto no son elementos privativos de sus comedias románticas: este tipo de personaje anticómico y las reacciones que suscita se encontraban ya en la antigua comedia romana de Plauto (generalmente encarnado en el «padre»).

En cuanto al elemento festivo, parece que tanto Barber como sus seguidores han ido bastante más lejos de lo que permite el texto. En parte basándose en el título, han visto en NO-CHE DE REYES poco más que la dramatización de las carnavaladas de invierno, y particularmente de las fiestas de la noche de Reyes con que culminaban las de Navidad. Estas celebraciones, de origen precristiano, han supuesto siempre un paréntesis en la vida normal, unos días de mundo al revés en los que se permite que la licencia y el desgobierno sustituyan al decoro y al orden. Una forma particular lo constituía la «fiesta de los tontos» o «fiesta de los locos», en la que se nombraba a un «rey del desorden».

Sin embargo, críticos como Langman y bastantes directores de teatro se han opuesto con razón a esta lectura: NOCHE DE REYES no transcurre explícitamente durante esas fiestas, ni siquiera en invierno, y no hay nada en la comedia que la relacione inequívocamente con ellas. Si la referencia es la fiesta

---

[19]   Véase Introducción a *El sueño de una noche de verano*, págs. 15-17.

nocturna de don Tobías y sus amigos (en II.iii), todo indica
que es más bien una juerga privada que parte de un festejo público. Sí se podría decir que este espíritu festivo es vagamente
evocador de esas celebraciones, pero reducir la comedia a
unas saturnales y ver en don Tobías al tradicional «rey del desorden» es desvirtuar la comedia y, en definitiva, empobre-
cerla. Desde que le introduce (en I.iii), Shakespeare deja bien
claro que don Tobías es un alcohólico que trasnocha y lleva
una vida desordenada. Su juerga nocturna es una más de sus
habituales borracheras. Pronto se verá que está estafando a
don Andrés con la falsa esperanza de casarlo con su sobrina.
Sin duda es el tipo de juerguista simpático, pero no cabe duda
de que actúa egoístamente. Si el actor no lo atenúa, su rechazo
de don Andrés al final de la obra es ruin e innoble. En suma, el
personaje es bien concreto, y sus motivos tienen poco que ver
con el espíritu jovial y desinteresado de las fiestas colectivas.
Por lo mismo, esta concreción de don Tobías, al igual que la
de María o don Andrés, da realismo y credibilidad al mundo de
Iliria. Pero esto nos lleva a otros temas.

IV

NOCHE DE REYES es una comedia de carácter cortada sobre
el patrón de una comedia de enredo. Por fantástico que sea el
ducado de Iliria, Shakespeare caracteriza a sus personajes de
manera bien diferenciada y nos los va mostrando a través de sus
relaciones. La caracterización es unas veces abierta y directa;
otras, indirecta y sutil; y otras, claramente evasiva. No podía
ser de otro modo en una comedia con situaciones y personajes
tan contrastados. Pero antes de entrar en ello convendrá hacer
una precisión.

En la composición de las obras teatrales siempre ha influido
en mayor o menor medida el elenco para el que se ha escrito.
NOCHE DE REYES parece haber tenido muy en cuenta las posibilidades de dos clases de actor: el que hacía de gracioso y el

que representaba papeles femeninos. En cuanto al primero, los estudiosos del teatro isabelino saben que la llegada a la compañía de Shakespeare del actor Robert Armin en 1599 abrió nuevos horizontes. Hasta entonces, la actuación del gracioso era más simple y directa, más orientada a la risotada que a la sonrisa. Pero Armin era una especie de escritor, por lo visto un buen cantante, y aportaba una vena de sabiduría, inteligencia y fina melancolía.

Shakespeare contó con sus aptitudes al concebir a Feste, sobre todo teniendo en cuenta que este personaje no es un mero gracioso. Si, como se ha dicho, Feste se basa en el bufón histórico, convendrá repasar brevemente algunos de sus rasgos. Primero, era un desclasado, un desarraigado expuesto a ser despedido en cualquier momento. Feste corre este riesgo (recuérdese el comienzo de I.v), y no parece que tenga asiento fijo en la casa de su ama. Se trata con señor y con criado, y tan pronto está en el palacio de Olivia como en el de Orsino. En segundo lugar, sus dichos eran bastante más complejos de lo que cabría esperar de un «bobo»: los juegos de palabras de Feste son ejemplos de prestidigitación verbal (él se llama a sí mismo «corruptor de palabras»), pero también demuestran enjundia y perspicacia. Por último, el bufón gozaba de una envidiable libertad de expresión, la de «decir con cordura las bobadas que hace el cuerdo», y no cabe duda de que Feste lo ejerce.

Con su estilo peculiar, Feste puede hacer de observador irónico y descubrir las realidades que se ocultan tras determinados personajes: como ya decía Erasmo en su *Elogio de la locura,* las palabras que podrían costar la vida al sabio pueden incluso agradar en boca de un bobo o un bufón. Shakespeare, que ya se valió de este recurso en *Como gustéis,* lo amplía notablemente en NOCHE DE REYES (y después lo aplicará a la tragedia con su bufón amargo de *El rey Lear).* Sin él, podemos tipificar a personajes como Orsino u Olivia y adscribirlos a la tradición petrarquista: sus actitudes son convencionales y literarias. En un plano realista, ambos son responsables del am-

biente de estancamiento y claustrofobia que reina en Iliria.
Así, Olivia se ha obstinado en llevar luto siete años por su hermano, a cuyo recuerdo se ha consagrado, negándose «al trato
y compañía de los hombres». Haciendo uso de su privilegio,
el «bobo» Feste le demostrará que la boba es ella:

> FESTE
> Mi señora, ¿qué os aflige?
> OLIVIA
> Mi buen bobo, la muerte de mi hermano.
> FESTE
> Yo creo que su alma está en el infierno, señora.
> OLIVIA
> Yo sé que su alma está en el cielo, bobo.
> FESTE
> Más boba vos, señora, que os afligís por un alma en la glo-
> ria. ¡Llevaos a la boba, caballeros!

En cuanto a Orsino, vemos desde la primera escena que se
ha entregado en cuerpo y alma a su melancolía amorosa. Tras
complacerle cantándole una canción triste, Feste vuelve a usar
su privilegio de bufón para acusarle de tener «alma de ópalo»
(es decir, variable, inconstante) y poner en evidencia una actitud que no lleva a ningún sitio: «Ya quisiera yo en la mar hombres de vuestra firmeza: abarcándolo todo y con rumbo a todas partes, pues así se navega bien hacia la nada». Feste es,
por tanto, el que señala la «locura» que aqueja a estos personajes y de la que ellos no parecen capaces de salir. Pero este
bufón sabio y perspicaz es también a su modo un melancólico
que pone una nota escéptica a la comedia, y especialmente a
su final feliz.

V

Si Shakespeare explotó el filón que le ofrecía un Robert Armin, también supo sacar fruto de las limitaciones: al no haber

actrices en el teatro isabelino, apuró las posibilidades de los
adolescentes que representaban papeles femeninos. En NOCHE
DE REYES Viola va disfrazada de muchacho (Cesario) y, ha-
biéndose enamorado de su amo, tiene que llevar mensajes amorosos a Olivia, que a su vez se enamora de ella tomándola por
hombre. Esta complicación origina situaciones de ambigüedad
sexual que Shakespeare maneja muy hábilmente. Recordemos
que la credibilidad del espectador se resiente mucho más hoy
día con la actriz que hace de Viola/Cesario que entonces con el
actor adolescente que no había mudado la voz (un muchacho
que hacía de muchacha que hace de muchacho): Viola sólo
aparece como mujer en la segunda escena; a partir de ahí va
disfrazada de paje y continúa así hasta el final [20]. En el teatro
moderno, la actriz se muestra como mujer en la segunda escena y en el resto aparece disfrazada de hombre. En cambio, en
el teatro de Shakespeare, el joven actor se disfrazaba de mujer
para esa escena (bastante breve por cierto), y el resto de la obra
aparecía como el muchacho que en realidad era. Dicho con
otras palabras, para los espectadores isabelinos el esfuerzo de
credibilidad terminaba donde empieza el nuestro.

Shakespeare no deja al azar escénico la ambigüedad sexual
de Viola/Cesario, sino que le da un apoyo textual bastante pre-
ciso haciendo que otros personajes comenten indirectamente
esta ambigüedad. Ya en la cuarta escena de la obra, Orsino está
seguro de que la figura indefinida de su paje y amoroso mensajero ablandará a la ingrata Olivia:

> ... negará tu tierna edad quien diga
> que ya eres un hombre; los labios de Diana
> no son más suaves ni encarnados; tu fina voz

---

[20]   Como en la comedia también interviene Sebastián, el hermano gemelo
de Viola/Cesario, se ha pensado que Shakespeare contaba con dos actores
adolescentes gemelos. Pero esta circunstancia no era necesaria y bastaba con
que los actores fuesen semejantes: paradójicamente, se habría forzado la credibilidad tratando de lograrla, ya que en la realidad no hay gemelos idénticos
de distinto sexo.

> es la de una doncella, aún clara y sin mudar,
> y todo te asigna un papel de mujer.

Para Orsino, su paje todavía no es un hombre y, aunque tiene voz y aire femeniles, tampoco es una mujer. Si es como Diana, recordemos que esta diosa de la castidad y cazadora de los bosques no era precisamente un ser muy femenino. Cuando, en la escena siguiente, Viola/Cesario acuda a casa de Olivia, Malvolio también aludirá a su indefinición:

> Aún no tiene edad de hombre, y ya no tiene edad de niño: como vaina antes de tener guisante o como manzana verde. Está a medio camino entre niño y hombre. Es muy apuesto, y tiene una voz muy chillona.

Pero ahora hay una diferencia, por leve que sea. En la descripción de Malvolio sólo hay un detalle femenino, aunque suficiente para recordar al lector o espectador que el paje es una muchacha; en lo demás, la indefinición se expresa en unas señas de identidad sexual que no es la de Viola. Aunque en estas descripciones queda patente la ambigüedad, el acento varía, ligera pero significativamente, según el punto de vista y la función que en cada caso vaya a desempeñar dicha ambigüedad: para el hombre que acabará casándose con ella, Viola es un muchacho con rasgos femeninos; para la mujer que no tarda en enamorarse de Viola/Cesario, el personaje, aun con su voz de mujer, tendrá una identidad sexual masculina (todavía no es hombre, pero ya no es un niño).

Este carácter ambivalente y evasivo permite una sutileza en los diálogos que difícilmente vemos en las anteriores comedias de Shakespeare. Es más, cuando Viola/ Cesario habla con Olivia o con Orsino, no sabemos exactamente quién habla o por quién habla. En su primer encuentro con Olivia, le transmite el sentir amoroso de Orsino diciéndole lo que haría en su lugar:

> Me haría una cabaña de sauce a vuestra puerta
> y llamaría a mi alma, que vive en esta casa.
> Compondría tiernos cantos de amor menospreciado,
> que cantaría a toda voz en la calma de la noche.
> Gritaría vuestro nombre al eco de los montes
> y haría que la comadre balbuciente de los aires
> repitiese «¡Olivia!».

Como a veces se ha observado, no está claro quién habla aquí. ¿Es Cesario defendiendo el amor de Orsino por Olivia o es la propia Viola declarando su amor por Orsino o complaciéndose en él? ¿O acaso ninguno de los dos exactamente y, por tanto, es la voz de su propia ambigüedad y de nuestra incertidumbre? ¿Y cuando más tarde, en su próxima entrevista con Olivia, le diga que no es lo que es?

Esta vacilación también la sentimos en sus diálogos con Orsino. Cuando él insiste en que no hay mujer que pueda amar como él, Viola/Cesario le contradice con la historia de una supuesta hermana suya que estaba enamorada «... igual que, quizá, si yo fuese mujer, / podría estarlo de vos», pero que nunca reveló su amor:

> Postrada y afligida, en su pálida tristeza,
> semejaba la Paciencia hecha estatua
> que le sonríe al Pesar. ¿Acaso esto no era amor?
> Los hombres podemos decir y jurar mucho,
> aunque las muestras son más que el sentimiento:
> prometemos mucho, pero amamos menos.

En seguida pensamos que Viola habla por sí misma y que indirectamente se está declarando a Orsino, pero su papel en NOCHE DE REYES no es exactamente el de «la Paciencia hecha estatua». Además, la duda no llega a despejarse en el diálogo. Cuando Orsino le pregunta si su hermana murió de amor, ella responde: «Yo soy todas las hijas de mi padre / y también todos los hijos».

VI

La llegada a Iliria de Viola y su hermano Sebastián acabará alterando la situación de parálisis que parece afectar a sus principales habitantes. Los cambios e incidentes que origina su presencia serán las etapas de una trama que se va confundiendo y enredando hasta que su aclaración permite el feliz desenlace. La acción de NOCHE DE REYES podría dividirse en tres fases: desde el comienzo hasta II.iii, desde II.iv hasta IV.i, y desde IV.ii hasta el final.

La primera parte introduce situaciones y personajes, y concluye con la fiesta nocturna, el consiguiente conflicto con Malvolio y el anuncio de la broma contra él. En la primera escena, el duque Orsino expresa su mal de amores por la condesa Olivia, que, como sabemos, ha decidido llevar luto prolongado a su hermano sin tener trato con ningún hombre. El tono es de los más líricos de Shakespeare. Orsino pide a sus músicos que no dejen de tocar para saciar su amor hasta que la música llegue a repugnarle y sus penas puedan acabar. Sus palabras al comienzo y al final de esta escena le definen como el típico amante melancólico consumido en la inacción.

La llegada de Viola tras su naufragio introduce un elemento exterior en el mundo cerrado de Iliria. Dentro de esta fase expositiva, averiguamos que el hermano de Viola también naufragó y que podría estar con vida. La información sobre Olivia confirma la ya aportada en la escena anterior y motiva la decisión de Viola de entrar al servicio de Orsino como paje. La pregunta retórica de la joven al comienzo de la escena («¿Y qué voy a hacer yo en Iliria?») encierra una ironía: Viola va a hacer mucho y acabará cambiando la situación inicial del ducado [21]. En el teatro es frecuente invertir el orden de las dos primeras escenas: empezando la obra con la llegada de Viola,

---

[21] En la época de Shakespeare se creía que la viola o violeta purgaba la melancolía. En la comedia, Viola cura a Orsino de su melancolía y saca a Olivia de su luto.

no sólo se nos muestra a la protagonista desde el principio, sino que se nos informa de Orsino y de su amor por Olivia como paso previo a su presentación en la escena siguiente. En cualquier caso, Viola (llamada ahora Cesario) se instala felizmente como paje de Orsino, se gana su confianza en poco tiempo y no tarda en enamorarse de él. A continuación (I.v) la veremos en su embajada amorosa ante Olivia por encargo de su amo.

En la tercera escena entramos en casa de Olivia, donde se vuelve a hablar de ella y aparecen por primera vez su doncella María y su tío don Tobías. El tono cambia ahora completamente: pasamos del verso a la prosa [22], y del idealismo y la gravedad al realismo doméstico y al humor grueso. Vemos que tío y sobrina son polos opuestos. Aunque caballero de casta y cuna, don Tobías parece ser el pariente pobre de la familia y también la oveja negra. Don Andrés, su pagano y compañero de fiestas, parece pertenecer al tipo de terrateniente petimetre, ingenuo y corto de alcances al que se explota en la corte mediante algún embaucamiento (don Tobías le va dando esperanzas de que se casará con su sobrina).

Este mundo doméstico se completará dos escenas más adelante con Feste, Olivia y su mayordomo Malvolio. El diálogo puede sugerir que Olivia ha decidido expulsar al bufón, acaso por indicación de Malvolio, o simplemente con su firme aprobación. Comoquiera que sea, en esta parte de la escena Shakespeare se vale de Feste para introducir y «descubrir» a estos personajes. Importa señalar que no es sólo el bufón quien critica aquí a Malvolio como ya lo ha hecho con Olivia, sino que es la propia Olivia quien peor deja a su mayordomo: la repulsa de Malvolio al bufón es innecesariamente áspera (Feste se la restregará al final de la obra) y Olivia le acusa de egoísmo,

---

[22]   En *Noche de Reyes* está en prosa un 60 por 100 del texto, y dentro del habitual verso blanco hay pocas rimas. En este sentido, la obra ofrece un fuerte contraste con *El sueño de una noche de verano* (véanse págs. 18-19 y nota 13).

mezquindad y desmesura en su juicio. Dada la importancia que va a tener el personaje en buena parte de la comedia, conviene no perder de vista estos rasgos de carácter que Shakespeare le ha dado desde el principio, sin olvidar su propio nombre (Malvolio = malévolo, de mala voluntad) [23]. Recuérdese que poco después (en II.ii), cuando Olivia envía a Malvolio para que devuelva el anillo a Viola/Cesario, el mayordomo trata al paje con no menos displicencia que al bufón (en el soliloquio que sigue a este diálogo, Viola llama a Malvolio «rudo mensajero»).

La entrevista con Olivia al final de esta escena añade una nueva complicación amorosa: la retraída condesa, que había jurado guardar luto continuado, se enamora de Viola/Cesario, que, como sabemos, ya se había enamorado de su amo. El amor de Viola por Orsino puede llevar a buen puerto, como de hecho sucede, pero el de Olivia es un imposible. Ella, ignorando la verdad, pide al destino que decida. Viola, consciente del «nudo» que la ata, pide al tiempo que lo desenrede. Es ahora (II.i) cuando entra en escena Sebastián, el hermano gemelo de Viola, acompañado de Antonio, que le salvó del naufragio y le profesa un afecto apasionado. Su llegada a Iliria anticipa la posterior complicación que al final se podrá deshacer con su presencia.

Esta primera etapa concluye con la fiesta nocturna de don Tobías, don Andrés y el bufón. Como es la intervención de Malvolio lo que provoca la broma contra él, convendrá hacer algunas precisiones. Como ya se dijo antes, se trata de una juerga privada, no vinculada a ninguna celebración pública, y por lo visto bastante escandalosa. Pero Malvolio no toma la iniciativa de interrumpirla, sino que es Olivia quien le envía como mayordomo para que haga callar a los juerguistas: antes que él ya ha venido María a avisarles de que

---

[23] En *Romeo y Julieta,* el benévolo pacificador se llama precisamente Benvolio.

«la señora» seguramente mandará a Malvolio para que los eche.

Importa subrayar este detalle porque Malvolio no actúa, ni antes ni ahora, por decisión personal, sino por orden de Olivia. Sin embargo, pudiendo limitarse a cumplir órdenes, se excede en su función y tiende a censurar y reprender ásperamente. Algunos actores que han interpretado este papel han imaginado que Malvolio «ha sido» militar, en razón de su carácter ordenancista y riguroso. En tal caso, el personaje correspondería más al tipo del suboficial: el sargento que manda en los soldados con más furor que el oficial. Esto es, sin duda, lo que le pierde ante la tropa: María, que espontáneamente se había adelantado a Malvolio procurando silenciar a los juerguistas, se duele del modo como él la trata en esta escena y decide gastarle la célebre broma. Los demás, especialmente don Tobías, podrán seguirla y apoyarla, pero es María, la subordinada del subordinado, quien le hará pagar su ofensa. Siendo así, no es de extrañar que, en opinión de algún crítico, la broma deba verse menos como venganza que como cura de humildad bien merecida.

VII

La segunda etapa comienza de un modo semejante a la primera: Orsino pide música, y esta vez Feste contribuye con una canción melancólica. Mientras Viola/Cesario se dispone a visitar de nuevo a Olivia, se lleva a efecto la burla de Malvolio. Hasta ahora Shakespeare ha mostrado principalmente dos facetas de su carácter: su aspereza y su engreimiento (María insiste en que, aunque pueda parecer un puritano, es sobre todo un fatuo y un orgulloso). Ahora (en II.v) Shakespeare lo revela definitivamente: el mayordomo es un ambicioso que pretende casarse con su ama, rodearse de criados en quien mandar y reducir a la obediencia a don Tobías. Haciéndole creer que Olivia le ama, la carta-trampa de María apunta precisamente hacia sus sueños, y Malvolio cae en ella hasta un extremo que

María y los demás por lo visto no se esperaban: la célebre escena en que aparece ante su ama con calzas amarillas y todo sonriente (III.iv) hace pensar que ha perdido el juicio. Puesto ahora en manos de don Tobías, será encerrado en un cuarto oscuro igual que un loco.

Por otro lado, Viola/Cesario vuelve a visitar a Olivia, que esta vez le declara su amor. En esta fase de la acción Shakespeare va trabando cada vez más la trama, al punto de enlazar la acción principal con la secundaria. Hasta ahora se veía por separado al grupo de Orsino, Viola/Cesario y Olivia, y al de don Tobías, don Andrés, María y Malvolio. Feste pasa de uno a otro, pero esta movilidad no influye en el desarrollo de la acción. Ahora, con motivo de la visita a Olivia, y al ver la cortesía que ella dispensa a Viola/Cesario, don Andrés se dispone una vez más a marcharse de Iliria, convencido de que es inútil pretender a la condesa. Para evitarlo, don Tobías le propone que desafíe al paje, y consigue retenerle. Para un criado como Fabián se trata de seguir disfrutando con las bromas, esta vez a costa de don Andrés. Para el astuto don Tobías la cuestión es no perder a su víctima (afirma que ya le lleva sacados unos dos mil ducados). En cualquier caso, la broma permite la relación de unos personajes con otros y mueve la acción hacia adelante.

A la vez que se organiza el grotesco duelo (don Tobías engaña doblemente a don Andrés y a Viola/Cesario en su propio beneficio y para que el encuentro no llegue a mayores), Shakespeare hace ahora aparecer en Iliria a Sebastián, el hermano gemelo de Viola. El primer equívoco se produce cuando Antonio, el ferviente amigo de Sebastián, confunde a Viola con su hermano y sale en su defensa frente a don Andrés y los demás. Detenido por los guardias, Antonio no entiende que Viola no le preste ayuda y la acusa de ingratitud. Este incidente lleva a Viola la esperanza de que su hermano esté vivo (Antonio la ha llamado Sebastián).

Pero las confusiones no han hecho más que empezar. En cuanto aparece Sebastián, el bufón y después don Andrés le confunden con Viola/Cesario. Mientras que con Feste sólo hay un enredo verbal, con don Andrés y los demás se llega a la agresión física. La escena y esta segunda etapa terminan con la entrada de Olivia, que también toma a Sebastián por Viola y le invita a su casa (para, más tarde, proponerle unos esponsales a los que Sebastián no opone la menor resistencia).

VIII

La última fase comienza en IV.ii, cuando María convence a Feste de que se disfrace de cura y vaya a hablarle a Malvolio al cuarto oscuro donde le tienen encerrado. La broma continúa, pero ahora don Tobías cree que sería imprudente llevarla hasta el final y confía en poder darle una salida cómoda y sin riesgos. Este cambio de actitud podría explicar el que el bufón ayude a Malvolio, permitiéndole escribir la carta que luego entregará a Olivia.

La última escena, elogiada por muchos críticos, es también, según otros, la desesperación del director de escena. Menos a María, reúne a todos los personajes y lleva a su extremo las confusiones de identidad a que dan lugar los gemelos. Primero, entre Antonio y Orsino. Después, con la entrada de Olivia, que, al llamar esposo a Viola/Cesario en presencia de Orsino, provoca la ira del duque. A continuación, con don Andrés y don Tobías, que acaban de ser agredidos por Sebastián y acusan de la agresión a Viola/Cesario. La entrada de Sebastián en presencia de los personajes principales cambiará el equívoco en asombro y llevará a la aclaración definitiva.

La reunión de Viola y Sebastián es asombrosa en el sentido más literal del término y, sin duda, el asombro es la respuesta que la escena pretende suscitar. Desde un punto de vista humano, la situación es bien precisa: después de haberse dado por muertos y tras una separación de unos tres meses, hermano y hermana vuelven a reunirse felizmente. Pero en esta reunión no hay besos, abrazos o efusiones semejantes: Shakespeare, el dramaturgo capaz de provocar las emociones más intensas, evita caer en el melodrama o el sentimentalismo. La primera reacción de los hermanos es de incredulidad: Sebastián parece pensar que Viola es un pariente, no su propia hermana. Después, cuando todo confirma su verdadera identidad, Viola, aún con ropa de muchacho, le dice expresamente a su hermano que no la abrace «hasta que las circunstancias / de lugar, tiempo y fortuna demuestren / que yo soy Viola». No es que no haya emoción: es que está contenida, implícita; sentida, pero no exteriorizada. Shakespeare la transmite en un instante lírico, casi estático, ajeno al tiempo y al espacio. Este tratamiento es insólito aun en una comedia romántica y no volverá a aparecer hasta las últimas obras del autor.

Al asombro sucede la unión feliz de las dos parejas y la certeza de que tanto Orsino como Olivia se han curado de sus males. Ahora ya sólo queda Malvolio. Shakespeare lo trae al recuerdo relacionándolo con el capitán que ayudó a Viola: este, que tiene su ropa de mujer, está ahora encarcelado por una demanda de Malvolio. El recurso es puramente mecánico, y un dato tan ínfimo no tiene por qué ser significativo. Sin embargo, parece que, aun siendo tan fugaz, pretendiese recordarnos el carácter adverso de Malvolio. En cualquier caso, es ahora cuando al mayordomo se le saca de su encierro y se aclara la broma de la carta. El lector, el crítico o el director de escena son muy dueños de sentimentalizar este final, como a veces se ha hecho, pero el texto no parece que apunte en esa dirección.

Desde el primer momento, Malvolio es presentado como un mayordomo eficaz y cumplidor, pero también como un personaje afectivamente atrofiado que no se conoce a sí mismo. Ya hemos visto las reacciones que provoca en los demás, y sin duda Shakespeare hace que el lector o espectador también las comparta (ni siquiera en la escena del cuarto oscuro consigue Malvolio despertar compasión). Pues bien, ahora Shakespeare asigna a Fabián una intervención que es bastante más que una mera exposición de hechos. El criado destaca «la alegría de

esta hora», que, con ánimo conciliador, espera no ver enturbiada con «disputa ni futura discusión». En cuanto a la queja
de Malvolio, Fabián se inculpa parcialmente de una broma
que él no urdió, pero que achaca a «su descortesía y brusquedad, / que nos hacían detestarle». Como vemos, el motivo alegado no sólo responde a la verdad dramática que conocemos,
sino que se queda corto respecto a ella (Malvolio es más que
brusco y descortés). ¿Cuál debe ser el veredicto? Fabián alude
ahora directamente a Malvolio: la broma «mueve más a risa
que a venganza / si los agravios de ambas partes / se sopesan
justamente». Al parecer se quiere decir que, si ha habido
ofensa, la ha habido en ambos lados (el primero en ofender
fue Malvolio) y que, por tanto, no debería haber condena.
Pero, más que proponer una sentencia, Fabián está apelando al
buen juicio de Malvolio: ahora su respuesta más sensata no
debiera ser la venganza, sino la tolerancia e incluso la alegría
compartida. Pero Malvolio no aprende; inflexible, no responde a esta invitación, promete vengarse y se excluye de la
comedia. Obsérvese que la actitud de Olivia cambia tras oír a
Fabián: al principio estaba firmemente decidida a hacer justicia, pero ahora, si su reacción es compasiva, lo es de un modo
más bien convencional («¡Ay, pobre! ¡Cómo te han burlado!»).
Más de un comentarista ha sospechado que al final su actitud
ante la broma no es tan seria como podría parecer y que sus últimas palabras («Se le ha hecho un agravio muy notorio») encierran un eco divertido del vocabulario de Malvolio[24].

Como las demás comedias románticas de Shakespeare, NO
CHE DE REYES acaba felizmente en matrimonio y termina con
un epílogo semejante al de EL SUEÑO DE UNA NOCHE DE VE
RANO y *Como gustéis,* en los que se invita al público a la participación festiva. Sin embargo, la canción final de NOCHE DE
REYES es menos optimista. En un tono resignado, Feste el bufón da un escueto repaso a las etapas de la vida, sujetas al paso

---

[24]   Véase nota 44, pág. 252.

del tiempo y tan inexorables como el viento y la lluvia: el mundo empezó hace mil siglos y siempre será igual. Sin embargo, nos queda el arte de quien se esfuerza en «agradarnos cada día» y nos ayuda a vivir la realidad a la que hemos de volver cuando acaba la comedia.

ÁNGEL-LUIS PUJANTE

BIBLIOGRAFÍA SELECTA

EL SUEÑO DE UNA NOCHE DE VERANO

Ediciones

1.ª ed. en cuarto (Q_1), en *Shakespeare's Plays in Quarto* (a facsimile edition, ed. M. J. B. Allen & K. Muir, Berkeley, 1981).

The First Folio of Shakespeare, 1623 (The Norton Facsimile, prepared by C. Hinman, New York, 1968).

Ed. H. H. FURNESS (New Variorum Edition), Philadelphia & London, 1895.

Ed. S. WELLS (The New Penguin Shakespeare), Harmondsworth, 1967.

Ed. H. F. BROOKS (The New Arden Shakespeare), London, 1979.

Ed. R. A. FOAKES (The New Cambridge Shakespeare), Cambridge, 1984.

Gen. eds. S. WELLS & G. TAYLOR, *The Complete Works,* Oxford, 1986.

Ed. B. MOWAT & P. WERSTINE (The New Folger Library Shakespeare), New York, 1993.

Ed. P. HOLLAND (The Oxford Shakespeare), Oxford, 1994.

Estudios

BRIGGS, K., *The Anatomy of Puck*. London, 1959.

CALDERWOOD, J. L., «*A Midsummer Night's Dream:* The Illusion of Drama», *Modern Language Quarterly,* 26, 1965, págs. 506-522.

—, *A Midsummer Night's Dream*. New York & London, 1992.

DENT, R.W.: «Imagination in *A Midsummer Night's Dream*», *Shakespeare Quarterly,* 15, 1964, págs. 115-129.

FENDER, S., *Shakespeare: A Midsummer Night's Dream*. London, 1968.

GARBER, M., *Dream in Shakespeare. From Metaphor to Metamorphosis*. New Haven & London, 1974.

HOLLINDALE, P., *Shakespeare. A Midsummer Night's Dream*. Harmondsworth, 1992.

HOWARD, S., «Hands, Feet and Bottoms: Decentering the Cosmic Dance in *A Midsummer Night's Dream*», *Shakespeare Quarterly,* 44, 1993, págs. 325-342.

HUSTON, J. D., «Parody and Play in *A Midsummer Night's Dream*», en su *Shakespeare's Comedies of Play*. New York, 1981.

LATHAM, M. W., *The Elizabethan Fairies*. New York, 1930.

MILLER, R. F., «*A Midsummer Night's Dream*: The Fairies, Bottom, and the Mystery of Things», *Shakespeare Quarterly,* 26, 1975, págs. 254-268.

MOWAT, B. A., «"A local habitation and a name": Shakespeare's Text as Construct», *Style,* 23, 3, 1989, págs. 335-350.

OLSON, P. H., «*A Midsummer Night's Dream* and the Meaning of Court Marriage», *E. L. H.*, 24, 1957, págs. 95-119.

SIEGEL, P. N., «*A Midsummer Night's Dream* and the Wedding Guests», *Shakespeare Quarterly,* 4, 1953, págs. 139-144.

SLIGHTS, W. W. E.: «The Changeling in *A Dream*», *Studies in English Literature,* 28, 1988, págs. 259-272.

WICKHAM, G., «"*A Midsummer Night's Dream*": The Setting and the Text», en su *Shakespeare's Dramatic Heritage*. London, 1969.

YOUNG, D., *Something of Great Constancy. The Art of 'A Midsummer Night's Dream'*. New Haven & London, 1966.

NOCHE DE REYES

Ediciones

The First Folio of Shakespeare, 1623 (The Norton Facsimile, prepared by C. Hinman, New York, 1968).

Ed. H. H. FURNESS (New Variorum Edition), Philadelphia & London, 1901.

Ed. M. M. MAHOOD (The New Penguin Shakespeare), Harmondsworth, 1968.

Ed. J. M. LOTHIAN & T. W. CRAIK (The New Arden Shakespeare), London, 1975.

Ed. E. S. DONNO (The New Cambridge Shakespeare), Cambridge, 1985.

Ed. B. MOWAT & P. WERSTINE (The New Folger Library Shakespeare), New York, 1993.

Ed. R. WARREN & S. WELLS (The Oxford Shakespeare), Oxford, 1994.

Estudios

BENNET, J. W., «Topicality and the Date of the Court Production of *Twelfth Night*», *The South Atlantic Quarterly,* 71, 1972, págs. 473-479.

DAVIES, S., *Shakespeare. Twelfth Night.* Harmondsworth, 1993.

EAGLETON, T., «Language and Reality in "Twelfth Night"», *Critical Quarterly,* 9, 3, 1967, págs. 217-228.

EVERETT, B., «Or What You Will», *Essays in Criticism*, 35, 1985, págs. 294-314.

GOLDSMITH, R. H., *Wise Fools in Shakespeare*. East Lansing, Mich., 1955.

HAYLES, N., «Disguise in *As You Like It* and *Twelfth Night*», *Shakespeare Survey,* 32, 1979, págs. 63-72.

HARTWIG, J., «Feste's "Whirligig" and the Comic Providence of *Twelfth Night*», *E. L. H.*, 40, 1973, págs. 501-513.

HOTSON, L., *The First Night of* Twelfth Night. London, 1954.

KING, W. N. (ed.): *Twentieth-Century Interpretations of Twelfth Night*. Englewood Cliffs, N. J., 1968.

LANGMAN, H., «Comedy and Saturnalia. The Case of *Twelfth Night*», *Southern Review* (Adelaide), VII, 2, 1974, págs. 102-122.

LAWRY, J. S., «*Twelfth Night* and "salt waves fresh in love"», *Shakespeare Studies,* 6, 1970, págs. 89-108.

LEECH, C., *Twelfth Night and Shakespearean Comedy*. Toronto, 1965.

PALMER, D. J. (ed.), *Shakespeare: Twelfth Night*. London, 1972.

RACKIN, P., «Androgyny, Mimesis, and the Marriage of the Boy Heroine on the English Renaissance Stage», *P. M. L. A.*, 102, 1, 1987, págs. 29-41.

SALINGAR, L. G., «The design of *Twelfth Night*», *Shakespeare Quarterly,* 9, 1958, págs. 117-139.

TAYLOR, M., «"Twelfth Night" and "What You Will"», *Critical Quarterly*, 16, 1, 1974, págs. 71-80.

TURNER, R. K., «The Text of *Twelfth Night*», *Shakespeare Quarterly,* 26, 1975, págs. 128-138.

WELSFORD, E., *The Fool. His Historical and Literary History*. London, 1935.

LAS COMEDIAS DE SHAKESPEARE

BARBER, C. L., *Shakespeare's Festive Comedy*. London, 1959.

BRADBURY, M., & PALMER, D. J. (eds.), *Shakespearean Comedy* (Stratford-upon-Avon Studies 14), London, 1972.

CARO BAROJA, J., *La estación de amor (Fiestas populares de mayo a San Juan)*. Madrid, 1979.

CARROLL, W. C., *The Metamorphosis of Shakespearean Comedy*. Princeton, 1985.

CHARLTON, H. B., *Shakespearean Comedy*. London, 1938.

CHARNEY, M. (ed.), *Shakespearean Comedy*. New York, 1980.

COGHILL, N., «The Basis of Shakespearean Comedy», *Essays and Studies*, 3, 1950, págs. 1-28.

FRYE, N., *A Natural Perspective. The Development of Shakespearean Comedy and Romance*. New York & London, 1965.

HASSEL, C., «Shakespeare's Comic Epilogues: Invitation to Festive Communion», *Shakespeare Jahrbuch* (Heidelberg), 1970, págs. 160-169.

HAWKINGS, S., «The Two Worlds of Shakespearean Comedy», *Shakespeare Studies,* 3, 1967, págs. 62-80.

KERMODE, F., «The Mature Comedies», en J. R. Brown & B. Harris (eds.), *Early Shakespeare* (Stratford-upon-Avon Studies 3). London, 1961.

LAROQUE, F., *Shakespeare et la fête*. Paris, 1988 *(Shakespeare's Festive World*. Cambridge, 1991).

LEGGAT, A., «Shakespeare and the Borderlines of Comedy», *Mosaic*, V, 1971, págs. 121-132.

—, *Shakespeare's Comedy of Love*. London, 1974.

LERNER, L. (ed.), *Shakespeare's Comedies. An Anthology of Modern Criticism*. Harmondsworth, 1967.

MUIR, K. (ed.), *Shakespeare. The Comedies*. Englewood Cliffs, N. J., 1965.

MUIR, K., *The Sources of Shakespeare's Plays*. London, 1977.

—, *Shakespeare's Comic Sequence*. Liverpool, 1979.

NEVO, R., *Comic Transformations in Shakespeare*. London & New York, 1980.

PALMER, J., *Political and Comic Characters of Shakespeare*. London, 1962.

PÉREZ GÁLLEGO, C., «Las comedias de Shakespeare», en Depart. de Inglés UNED, *Encuentros con Shakespeare*. Madrid, 1985.

PHIALAS, P. G., *Shakespeare's Romantic Comedies*. Chapel Hill, 1966.

SWINDEN, P., *An Introduction to Shakespeare's Comedies*. London, 1973.

NOTA PRELIMINAR

El texto inglés de EL SUEÑO DE UNA NOCHE DE VERANO se publicó por primera vez en 1600, en una edición en cuarto, con el título de *A Midsommer nights dream*. En 1619 apareció una segunda edición, con fecha falsa de 1600, que reproduce el texto de la primera con pequeñas alteraciones. Después, la obra fue incluida en el infolio de las obras de Shakespeare de 1623. El texto del infolio corrige errores de los anteriores, incorpora nuevas acotaciones y establece la división en cinco actos (la división escénica no se fija hasta comienzos del siglo XVIII). Las ediciones modernas se basan principalmente en la primera edición de 1600, por creer que reproduce un manuscrito del autor. Se estima que Shakespeare escribió la obra hacia 1595 (la comedia aparece mencionada en *Palladis Tamia,* de Francis Meres, publicada en 1598).

La presente traducción de EL SUEÑO DE UNA NOCHE DE VERANO se basa en el texto de la primera edición, pero, como en las diversas ediciones modernas, también tiene en cuenta algunas de las variantes de ediciones posteriores, especialmente las acotaciones del infolio. Asimismo, acepta lecturas y enmiendas de ediciones modernas (véanse las ediciones empleadas en la Bibliografía selecta).

*

El texto inglés de NOCHE DE REYES se publicó por primera
vez en el infolio de las obras de Shakespeare de 1623 con el título de *Twelfe Night, Or what you will,* en el que ya figura la
división en actos y escenas. Se estima que la obra fue escrita
en 1601: como ya se dijo en la introducción, consta que se representó en Londres en 1602 para celebrar la Candelaria (2 de
febrero), y pudiera ser que esta representación fuese su es-
treno. También se ha pensado, a la vista del título, que la comedia se escribió para ser estrenada en la noche de Reyes.

La presente traducción se basa principalmente en el texto
del infolio, pero acepta lecturas y enmiendas de ediciones posteriores (ver las ediciones utilizadas en la Bibliografía selecta).

*

La disposición de los textos traducidos intenta sugerir la
sencillez de los originales. Se añaden muy pocas acotaciones
escénicas (las que aparecen entre corchetes), todas ellas de
uso común en las ediciones inglesas modernas (que incorpo-
ran bastantes más) y avaladas por el contexto o la tradición teatral. El punto y raya que a veces aparece en el diálogo intenta
aclarar, sin necesidad de incorporar más acotaciones, lo que
generalmente es un cambio de interlocutor. No se destaca ti-
pográficamente la división escénica ni se dejan grandes hue-
cos entre escenas y, como en las primeras ediciones, se omite
la localización. En efecto, el espacio escénico del teatro de
Shakespeare era abierto y carecía de la escenografía realista
de épocas posteriores. El «lugar» de la acción venía indicado
o sugerido por el texto y el actor, y, al parecer, la obra se representaba sin interrupción.

*

Al igual que mis demás traducciones de Shakespeare para
Espasa Calpe, las de estas dos comedias aspiran a ser fieles a
la naturaleza dramática de las obras, a la lengua del autor y al

idioma del lector[1]. Siguiendo el original, distingo el medio expresivo (prosa, verso y rimas ocasionales) y trato de sugerir la variedad estilística de Shakespeare, esencial en sus comedias. En lo que respecta especialmente a EL SUEÑO DE UNA NOCHE DE VERANO, y tal como queda explicado en la Introducción (pág. 18), su lengua es sumamente estilizada y abundante en rimas. He intentado reproducirla con el fin de ofrecer un efecto equivalente y convencido de que, con todos los riesgos que corría, la naturaleza de la obra requería este tratamiento. He traducido como tales las canciones de estas comedias, ajustando la letra en castellano a la partitura original (melodía, ritmo y compases; véase Apéndice) o teniendo en cuenta diversas versiones musicales cuando la original no se conservaba. En cuanto al verso suelto no rimado del original, lo pongo en verso libre por parecerme el medio más idóneo, ya que permite trasladar el sentido sin desatender los recursos estilísticos ni prescindir de la andadura rítmica.

*

Quisiera expresar mi gratitud a quienes me han ayudado de un modo u otro: Veronica Maher, Keith Gregor, Mariano de Paco, Eloy Sánchez Rosillo, Pedro García Montalvo y Miguel Ángel Centenero. Tampoco debe faltar mi agradecimiento a la Biblioteca Folger Shakespeare, de Washington D.C., en la que amplié mi visión de estas dos comedias.

Á.-L. P.

---

[1] El tema de este párrafo lo he tratado por extenso en mi trabajo «Traducir el teatro isabelino, especialmente Shakespeare», en *Cuadernos de Teatro Clásico,* núm. 4, Madrid, 1989, págs. 133-57, y más concisamente en «Traducir Shakespeare: mis tres fidelidades», en *Vasos comunicantes,* 5, Madrid, otoño 1995, págs. 11-21.

EL SUEÑO DE UNA NOCHE
DE VERANO

DRAMATIS PERSONAE

TESEO, Duque de Atenas
HIPÓLITA, reina de las amazonas, prometida de Teseo
LISANDRO, enamorado de Hermia
HERMIA, enamorada de Lisandro
DEMETRIO, pretendiente de Hermia
HELENA, enamorada de Demetrio
EGEO, padre de Hermia
FILÓSTRATO, maestro de ceremonias

FONDÓN, tejedor
MEMBRILLO, carpintero
FLAUTA, remiendafuelles
MORROS, calderero
HAMBRÓN, sastre
AJUSTE, ebanista

OBERÓN, rey de las hadas
TITANIA, reina de las hadas
ROBÍN EL BUENO, duende*
FLORDEGUISANTE ⎫
TELARAÑA ⎪
POLILLA ⎬ hadas
MOSTAZA ⎭

Acompañamiento en la corte de Atenas.
Otras hadas del séquito de Oberón y Titania.

---

* Sobre el nombre de este personaje véase Introducción, pág. 15.

EL SUEÑO DE UNA NOCHE DE VERANO

I.i *Entran* TESEO, HIPÓLITA, [FILÓSTRATO] *y otros.*

TESEO
   Bella Hipólita, nuestra hora nupcial
   ya se acerca: cuatro días gozosos
   traerán otra luna. Mas, ¡ay, qué despacio
   mengua esta! Demora mis deseos,
   semejante a una madrastra o una viuda
   que va mermando la herencia de un joven.
HIPÓLITA
   Pronto cuatro días se hundirán en noche;
   pronto cuatro noches pasarán en sueños,
   y entonces la luna, cual arco de plata
   tensado en el cielo, habrá de contemplar
   la noche de nuestra ceremonia [1].
TESEO
   Anda, Filóstrato,
   mueve a la alegría a los jóvenes de Atenas,
   despierta el vivo espíritu del gozo.
   Y manda la tristeza a los entierros:
   tan mustia compañía no conviene a nuestra fiesta.

---

   [1] Sobre el tiempo que ocupa la acción véase Introducción, pág. 19.

[*Sale* FILÓSTRATO.]

Hipólita, te he cortejado con mi espada
e, hiriéndote, tu amor he conquistado[2].
Mas voy a desposarte en otro tono:
con festejo, celebración y regocijo.

> *Entran* EGEO *y su hija* HERMIA, LISANDRO *y* DE-
> METRIO.

EGEO
  ¡Salud a Teseo, nuestro excelso duque!
TESEO
  Gracias, buen Egeo. ¿Qué noticias traes?
EGEO
  Acudo a ti consternado a denunciar
  a mi propia hija Hermia. — Acércate,
  Demetrio. — Mi noble señor, este hombre tiene
  mi consentimiento para unirse a ella. —
  Acércate, Lisandro. — Y, mi augusto duque,
  este otro le ha embrujado el corazón. —
  Sí, Lisandro: tú le has dado tus poesías
  y con ella has cambiado prendas de amor.
  En el claro de luna le has cantado a su ventana,
  afectando con tu voz tiernos afectos,
  y en su mente tu imagen has sellado con pulseras
  hechas con tu pelo, sortijas, adornos,
  caprichos, baratijas, ramilletes y confites,
  seductores de la incauta juventud;
  con astucia a mi hija has cautivado,
  y has trocado la obediencia que me debe
  en tenaz insumisión. Gran duque,

---

  [2]   Según las leyendas, Teseo derrotó a Hipólita, reina de las amazonas, y
después se casó con ella.

si ella aquí, en tu augusta presencia,
se niega a casarse con Demetrio,
yo reclamo el antiguo privilegio ateniense;
puesto que es hija mía, yo dispongo de ella:
o se la entrego a este caballero[3]
o a la muerte, como de forma expresa
estipula nuestra ley para este caso.

TESEO

¿Qué respondes, Hermia? Considera, hermosa joven,
que tu padre debe ser para ti como un dios.
Él te dio belleza; sí, y para él
tú eres como imagen estampada
en cera: queda a su albedrío
conservar la figura o borrarla.
Demetrio es un digno caballero.

HERMIA

También Lisandro.

TESEO

En sí mismo, sí; pero en este caso,
al no tener la venia de tu padre,
el otro debe ser tenido por más digno.

HERMIA

Ojalá que mi padre viera con mis ojos.

TESEO

Tus ojos debieran ver con su juicio.

HERMIA

Suplico, mi señor, que me perdones.
No sé lo que me ha dado el valor,
ni si es conveniente a mi recato
defender ante ti mi pensamiento.
Mas te ruego, mi señor, que me digas
lo peor que puede sucederme
si me niego a casarme con Demetrio.

---

[3]   Demetrio.

TESEO

La pena de muerte o renunciar
para siempre al trato con los hombres.
Por tanto, bella Hermia, examina tus deseos,
piensa en tu edad, mide bien tus sentimientos
y decide si, al no ceder a la elección paterna,
podrás soportar el hábito de monja,
encerrada para siempre en lóbrego claustro,
viviendo como hermana yerma de por vida
y entonando tenues himnos a la frígida luna[4].
Las que, venciendo su pasión, emprenden
tan casto peregrinaje son tres veces benditas,
pero en la tierra es más feliz la rosa arrancada
que la que, ajándose en intacto rosal,
crece, vive y muere en bendita doncellez.

HERMIA

Pues así he de crecer, vivir y morir, señor,
antes que ceder mi privilegio virginal
al hombre cuyo no querido yugo
mi alma se niega a obedecer.

TESEO

Considéralo despacio y, con la luna nueva,
el día en que mi amor y yo sellemos
un contrato de unión sempiterna,
ese día prepárate a morir
por no acatar el deseo de tu padre,
a casarte con Demetrio, como quiere,
o, en el altar de Diana, a hacer voto
de perenne abstinencia y celibato.

DEMETRIO

Querida Hermia, cede. Lisandro, somete
tu falaz pretensión a mi claro derecho.

---

[4]   Es decir, a Diana, de la que Hermia tendría que ser sacerdotisa.

LISANDRO
Demetrio, tú ya tienes el amor de su padre;
tenga yo el de Hermia. Cásate con él.
EGEO
Cierto, burlón Lisandro: él tiene mi amor,
y con mi amor le daré lo que es mío.
Como ella es mía, todos mis derechos sobre ella
se los transfiero a Demetrio.
LISANDRO
Mi señor, soy de tan noble cuna como él
y de igual hacienda. Estoy más enamorado,
mi posición se equipara, si es que no
supera, a la de Demetrio.
Y, lo que cuenta más que mis alardes,
la hermosa Hermia me quiere.
¿Por qué voy a renunciar a mi derecho?
Demetrio (y se lo digo a la cara)
ha cortejado a Helena, la hija de Nédar,
y le ha robado el alma; y la dulce Helena
ama, adora, idolatra con delirio
a este hombre corrompido y veleidoso.
TESEO
Debo confesar que también he oído eso
y pensaba hablar con Demetrio de este asunto,
mas, atareado con los míos propios,
se me fue de la memoria. Demetrio, ven,
y tú también, Egeo; vais a acompañarme:
os quiero hacer una advertencia a solas.
Respecto a ti, bella Hermia, prepárate
a ajustar tu capricho al deseo de tu padre;
si no, las leyes de Atenas, que yo no puedo
suavizar, han de entregarte a la muerte
o a una vida de santo celibato. —
Ven, Hipólita. ¿Cómo estás, mi amor? —
Demetrio y Egeo, venid conmigo.
Os he reservado algunas tareas

referentes a mis bodas, y quiero hablaros
de algo que os toca muy de cerca.

EGEO

Te seguimos con placer y acatamiento.

Salen todos menos LISANDRO *y* HERMIA.

LISANDRO

¿Qué tal, mi amor? ¿Por qué tan pálida?
¿Cómo es que tus rosas se han mustiado tan deprisa?

HERMIA

Tal vez por falta de lluvia, que bien
podría darles con diluvios de mis ojos.

LISANDRO

¡Ay de mí! A juzgar por lo que he leído
o lo que he oído de casos reales o fábulas,
el río del amor jamás fluyó tranquilo.
O había diferencia de rango...

HERMIA

¡Qué cruz! Ser noble y no poder prendarse del humilde.

LISANDRO

... o edades dispares y no hacían pareja.

HERMIA

¡Qué cruel! Ser vieja y no poder casarse con un joven.

LISANDRO

O depender de la elección de los tuyos.

HERMIA

¡Ah, infierno! ¡Que elijan nuestro amor ojos de otros!

LISANDRO

O, si había consonancia en la elección,
asediaban al amor enfermedad, guerra o muerte,
volviéndolo fugaz como un sonido,
veloz como una sombra, efímero cual sueño,
breve cual relámpago que, en la noche oscura,
alumbra en su arrebato cielo y tierra
y, antes que podamos decir «¡Mira!»,

lo devoran las fauces de las sombras.
Así de rápido perecen ilusiones.

HERMIA

Si los amantes encontraban siempre estorbos,
será porque es ley del destino.
Soportemos pacientes nuestra pena,
pues es cruz que de antiguo se ha llevado,
y tan propia del amor como los sueños, suspiros,
ansias, deseos y llanto que siempre le acompañan.

LISANDRO

Buen parecer. Entonces, oye, Hermia:
tengo una tía viuda, señora
de grandes rentas y sin hijos.
Reside a siete leguas de Atenas,
y yo soy para ella como su único hijo.
Allí, querida Hermia, puedo desposarte;
allí no pueden seguirnos las rígidas
leyes atenienses. Así que, si me quieres,
escápate esta noche de casa de tu padre
y, en el bosque, a una legua de la villa,
donde una vez te vi con Helena
celebrando las fiestas de mayo [5],
allí te esperaré.

HERMIA

Gentil Lisandro,
por el arco más fuerte de Cupido,
por su flecha mejor de punta de oro,
por las palomas de Venus, candorosas,
por lo que une almas y al amor exhorta,
por el fuego en que ardió Dido de Cartago
cuando vio zarpar al falso troyano [6],

---

[5]   Véase al respecto Introducción, págs. 16-17.
[6]   Eneas, que la abandonó para ir a fundar Roma. El «fuego» en que ardió
Dido es tanto el de su amor como el de la pira a la que se arrojó tras ser abandonada.

por cuantas promesas el hombre vulnera
(más de las que nunca mujeres hicieran),
te juro que en ese lugar que me has dicho
mañana sin falta me veré contigo.

LISANDRO
Cumple el juramento, amor. Aquí viene Helena.

Entra HELENA.

HERMIA
Dios te guarde, bella Helena. ¿Dónde vas?
HELENA
¿Me has llamado bella? Lo has de retirar.
Demetrio ama tu belleza. ¡Gran dicha!
Le guían tus ojos, y tu voz divina
le suena más dulce que al pastor la alondra
cuando el trigo es verde y el espino brota.
El mal se contagia. ¡Pero no un semblante!
El tuyo, mi Hermia, quisiera robarte.
Mi oído, tu voz; mis ojos anhelan
tus ojos; mi lengua, el son de tu lengua.
Fuera mío el mundo, menos a Demetrio,
por cambiarme en ti lo daría entero.
¡Ah, enséñame a ser bella, dime ya
cómo logras a Demetrio enamorar!
HERMIA
Le miro con ceño, pero él sigue amándome.
HELENA
¡Aprendieran mis sonrisas ese arte!
HERMIA
Le doy maldiciones, y él me da su amor.
HELENA
¡Pudieran mis preces moverle a pasión!
HERMIA
Cuanto más le odio, más me sigue él.

HELENA

Cuanto más le amo, más me odia él.

HERMIA

Culpa mía no es su locura, Helena.

HELENA

¡Así fuera mía! Es de tu belleza.

HERMIA

Alégrate. Nunca más verá mi cara,
pues Lisandro y yo huiremos de casa.
Antes que a Lisandro le hubiera yo visto,
para mí era Atenas como un paraíso.
¿Cuáles son las gracias que hay en mi dueño,
que ha convertido un cielo en infierno? [7].

LISANDRO

Dulce Helena, te revelo nuestro plan:
mañana, cuando en el marino cristal
la luna contemple su rostro plateado
y líquidas perlas adornen los campos
(la hora que huidas de amantes oculta),
las puertas de Atenas verán nuestra fuga.

HERMIA

Y en el bosque, donde tú y yo tantos días
solíamos yacer en lechos de prímulas
confiándonos las dos nuestros secretos,
allí Lisandro y yo nos encontraremos:
no nos faltarán, olvidando Atenas,
otras compañías y amistades nuevas.
Adiós, buena amiga; tennos en tus preces,
y que tu Demetrio te depare suerte.
Lisandro, no faltes. Del manjar de amores
nuestra vista ayune hasta mañana noche.

LISANDRO

Allí estaré, Hermia.

---

[7]   Como observa Foakes en su edición, Hermia expresa la paradoja de
que las «gracias» de su amado Lisandro le han traído el «infierno» al provocar los celos de Demetrio y la ira de su padre.

Sale HERMIA.

Helena, he de irme.
Cual tú por Demetrio, que él por ti suspire.

Sale.

HELENA
¡Cuánto más felices son unas que otras!
Para Atenas soy como ella de hermosa,
mas, ¿de qué me sirve? No lo cree Demetrio:
lo que todos saben no quiere saberlo.
¿Que él yerra adorando los ojos de Hermia?
Yo tampoco acierto amando sus prendas.
A lo que es grosero, deforme y vulgar
Amor puede darle forma y dignidad.
Amor ve con la mente, no con la vista;
por eso a Cupido dios ciego lo pintan.
Y no es que a su mente la guíe el cuidado,
que alas y ceguera hablan de arrebatos.
Por eso se dice que Amor es un niño,
pues ha errado mucho con quien ha elegido.
Y si los muchachos jugando se mienten,
así el niño Amor es perjuro siempre.
Antes que Demetrio de Hermia se prendara
sus votos de amor eran granizada.
Llegando al granizo el calor de Hermia,
con él derritió todas sus promesas.
La fuga de Hermia le voy a contar:
mañana en la noche él la seguirá
hasta el mismo bosque. Cuando oiga mi anuncio,
si me da las gracias, las dará a disgusto.
Mas yo de este modo la pena compenso
viéndole ir allá, y luego al regreso.

Sale.

I.ii   *Entran* MEMBRILLO *el carpintero,* AJUSTE *el ebanista,*
        FONDÓN *el tejedor,* FLAUTA *el remiendafuelles,* MORROS
        el calderero y HAMBRÓN *el sastre.*

MEMBRILLO
   ¿Está toda la compañía?

FONDÓN
   Más vale que los llames *peculiarmente*, uno a uno, según el
   escrito.

MEMBRILLO
   Aquí está la lista con los nombres de todos los de Atenas a
   los que se considera aptos para representar la comedia ante
   el duque y la duquesa en la noche de su boda.

FONDÓN
   Amigo Membrillo, primero di de qué trata la obra; después,
   nombra a los cómicos y entonces llega al final.

MEMBRILLO
   Pues la obra se llama «La dolorosísima comedia y la crude-
   lísima muerte de Píramo y Tisbe» [8].

FONDÓN
   Un gran trabajo, te lo digo yo, y divertido. Ahora, amigo
   Membrillo, pasa lista a los cómicos. Señores, separaos.

MEMBRILLO
   Responded conforme os llame. Fondón el tejedor.

FONDÓN
   Presente. Dime mi papel y sigue.

MEMBRILLO
   Tú, Fondón, haces de Píramo.

FONDÓN
   ¿Quién es Píramo? ¿Un amante o un tirano?

MEMBRILLO
   Un amante que se mata galantemente por amor.

---

[8]   Pareja protagonista de una trágica historia de amor de la mitología
griega. Píramo y Tisbe se amaban contra la voluntad de sus padres y, tras
concertar una cita secreta, Píramo se suicidó creyendo que un león había devorado a su amada.

FONDÓN

Para hacerlo bien eso exigirá algún llanto. Si es mi papel, que el público se cuide de sus ojos: desencadenaré tempestades, lloraré mi dolor. Todo eso. Aunque lo mío es el tirano. Haría un Hércules espléndido o un papel de bramar y tronar, de estremecerlo todo:

> Las rocas rugientes,
> los golpes rompientes
> destrozan los cierres
> de toda prisión.
> Y el carro de Febo,
> que brilla a lo lejos,
> al destino necio
> trae la destrucción.

¡Qué sublime! — Llama a los otros cómicos. — Es el tono de Hércules, el tono de un tirano. Un amante es más doliente.

MEMBRILLO

Flauta el remiendafuelles.

FLAUTA

Presente, Membrillo.

MEMBRILLO

Flauta, tú tienes que hacer de Tisbe.

FLAUTA

¿Quién es Tisbe? ¿Un caballero andante?

MEMBRILLO

Es la amada de Píramo.

FLAUTA

Oye, no. No me deis un papel de mujer: me está saliendo la barba [9].

MEMBRILLO

No importa. Puedes hacerlo con máscara y hablar con voz fina.

---

[9]   En el teatro isabelino no había actrices, y los papeles femeninos los representaban muchachos a los que no se les había mudado la voz (ni tenían barba).

FONDÓN

Si puedo taparme la cara, déjame hacer de Tisbe a mí también. Pondré una voz finísima: «Tizne, Tizne». «¡Ah, Píramo, amado mío! ¡Querida Tisbe, amada mía!».

MEMBRILLO

No, no. Tú haces de Píramo; y tú, de Tisbe, Flauta.

FONDÓN

Bueno, sigue.

MEMBRILLO

Hambrón el sastre.

HAMBRÓN

Presente, Membrillo.

MEMBRILLO

Hambrón, tú tienes que hacer de madre de Tisbe. — Morros el calderero.

MORROS

Presente, Membrillo.

MEMBRILLO

Tú, de padre de Píramo. Yo, de padre de Tisbe. — Ajuste el ebanista. Tú, el papel del león. — Espero que sea un buen reparto.

AJUSTE

¿Tienes escrito el papel del león? Si lo tienes, haz el favor de dármelo, que yo aprendo despacio.

MEMBRILLO

Puedes improvisarlo: sólo hay que rugir.

FONDÓN

Déjame hacer de león a mí también. Rugiré de tal modo que levantaré el ánimo a cualquiera. Rugiré de tal modo que el duque dirá: «¡Que vuelva a rugir, que vuelva a rugir!».

MEMBRILLO

Si te pones tan tremendo asustarás a la duquesa y a las damas, y harás que griten. Sólo por eso nos ahorcarían a todos.

TODOS

A todos, a cada hijo de vecino.

FONDÓN

Amigos, si asustáis de muerte a las damas, seguro que no les quedará más *respectiva* que ahorcarnos. Pero yo voy a *agraviar* la voz y os rugiré más suave que un pichón. Os rugiré como un ruiseñor.

MEMBRILLO

Tú no harás más que de Píramo, que Píramo es bien parecido y tan apuesto como el que más en día de primavera. Muy guapo y todo un caballero. Así que tienes que hacer de Píramo.

FONDÓN

Bueno, pues me encargo de él. ¿Qué barba es mejor para el papel?

MEMBRILLO

La que tú quieras.

FONDÓN

Actuaré con barba de color paja, con barba cobriza, con barba carmesí o con barba dorada como una corona de oro francesa.

MEMBRILLO

Algunas coronas francesas ya no tienen pelo [10], así que tendrás que actuar afeitado. — Bueno, amigos, aquí tenéis los papeles. Os ruego, suplico y ordeno que os los aprendáis para mañana noche y que os reunáis conmigo en el bosque de palacio, a una milla de Atenas, a la luz de la luna. Allí ensayaremos, que, si nos juntamos en la ciudad, la gente nos asediará y sabrá lo que tramamos. Mientras, haré una lista de los accesorios que requiere la comedia. Os lo ruego, no faltéis.

FONDÓN

Nos reuniremos y podremos ensayar con todo *libertinaje* y sin temor. ¡Trabajad duro y sin fallos! ¡Adiós!

MEMBRILLO

Nos vemos junto al roble del duque.

---

[10]   Probable alusión a la calvicie causada por la sífilis (el mal francés).

FONDÓN
    Conforme. El que falte, se la carga.

    Salen.

II.i   *Entra un* HADA *por una puerta y* ROBÍN EL BUENO *por la
        otra* [11].

ROBÍN
    ¿Qué hay, espíritu? ¿Dónde te encaminas?
HADA
    Por valle y collado,
    por soto y brezal,
    por parque y cercado,
    por fuego y por mar.
    Por doquier me muevo presta,
    como la luna en su esfera [12].
    A mi Hada Reina sirvo
    y en la hierba formo círculos [13].
    Sus guardianas son las prímulas:
    sus mantos dorados brillan
    de rubíes, don de hadas;
    vive en ellos su fragancia.
    Traeré gotas de rocío, por prenderlas
    en la oreja de estas flores como perlas.
    Adiós, espíritu burdo; ya te dejo.
    Nuestra reina se aproxima con sus elfos [14].

---

[11]   Referencia a las puertas situadas a ambos lados del fondo del escenario isabelino. En cuanto al personaje de «Robín el bueno», véase Introducción, págs. 14-15.
[12]   Según la astronomía tolemaica, cada planeta o cuerpo celeste giraba alre-
dedor de la Tierra llevado en una esfera envolvente de la que era inseparable.
[13]   Se creía que un círculo de hierba más oscura y espesa en medio de un
prado era obra de las hadas y que estas bailaban sobre él.
[14]   Es decir, con sus hadas. Véase Introducción, pág. 13 y nota 6.

ROBÍN

Esta noche el rey aquí tiene fiesta;
procura que no se encuentre a la reina:
Oberón está cegado de ira,
porque ella ha robado a un rey de la India
un hermoso niño que será su paje;
nunca había robado niño semejante [15].
Oberón, celoso, quiere la criatura
para su cortejo, aquí, en la espesura.
Mas ella a su lindo amado retiene,
lo adorna de flores, lo hace su deleite.
Y ya no se ven en prado o floresta,
junto a clara fuente, bajo las estrellas,
sin armar tal riña que los elfos corren
y en copas de bellotas todos se esconden.

HADA

Si yo no confundo tu forma y aspecto,
tú eres el espíritu bribón y travieso
que llaman Robín. ¿No eres tú, quizá?
¿Tú no asustas a las mozas del lugar,
trasteas molinillos, la leche desnatas,
haces que no saquen manteca en las casas
o que la cerveza no levante espuma,
se pierda el viajero de noche, y te burlas?
A los que te llaman «el trasgo» y «buen duende»
te agrada ayudarles, y ahí tienen suerte.
¿No eres el que digo?

ROBÍN

                    Muy bien me conoces:
yo soy ese alegre andarín de la noche.
Divierto a Oberón, que ríe de gozo
si burlo a un caballo potente y brioso
relinchando a modo de joven potrilla.

---

[15]   Se creía que las hadas robaban criaturas. Véase Introducción, pág. 13.

Acecho en el vaso de vieja cuentista
en forma y aspecto de manzana asada;
asomo ante el labio y, por la papada,
cuando va a beber, vierto la cerveza.
Al contar sus cuentos, esta pobre vieja
a veces me toma por un taburete:
le esquivo el trasero, al suelo se viene,
grita «¡Qué culada!», y tose sin fin.
Toda la compaña se echa a reír,
crece el regocijo, estornudan, juran
que un día tan gracioso no han vivido nunca.
Pero aparta, hada: Oberón se acerca.

HADA

Y también mi ama. ¡Ojalá él se fuera!

> *Entran* [OBERÓN] *el rey de las hadas, por una*
> *puerta, con su séquito, y* [TITANIA] *la reina, por*
> *la otra, con el suyo.*

OBERÓN

Mal hallada aquí, bajo la luna, altiva Titania.

TITANIA

¿Cómo? ¿El celoso Oberón? Corramos, hadas.
He abjurado de su lecho y compañía.

OBERÓN

¡Espera, rebelde! ¿No soy yo tu esposo?

TITANIA

Y yo seré tu esposa. Pero sé
que te has escabullido del País de las Hadas
y, encarnado en Corino, te has pasado el día
tocando el flautillo y recitando amores
a la enamorada Fílida [16]. ¿Qué te trae aquí
de los remotos confines de la India

---

[16]   Corino y Fílida eran nombres frecuentes en la literatura pastoril.

si no es, en verdad, que la esforzada amazona,
tu dama cazadora, tu amada guerrera,
va a casarse con Teseo y tú pretendes
dar al tálamo dichas y venturas?

OBERÓN

¿Y tú cómo te atreves, Titania, a mencionar
mi buen entendimiento con Hipólita
sabiendo que yo sé de tu amor por Teseo?
En la noche estrellada, ¿no le apartaste
de Perigenia, a quien sedujo?
¿No le hiciste ser infiel a la bella Egle,
a Ariadna y a Antíope? [17].

TITANIA

Todo eso son ficciones de los celos.
Desde el principio del verano no nos hemos
encontrado en cerro, valle, prado o bosque,
junto a fuente pedregosa o arroyo con juncos
o a la orilla arenosa de los mares,
bailando en corro al son del viento, sin que tú
nos perturbes la fiesta con tus quejas.
A tal punto los vientos, silbándonos en vano,
como en venganza sorbieron de la mar
brumas malsanas que, al caer en la tierra,
han hinchado de tal modo los ríos más menudos
que los han desbordado de su cauce.
El buey ha tirado inútilmente del arado,
el labrador ha malgastado su labor
y aún tierno se ha podrido el trigo verde.
En el campo anegado el redil está vacío
y los cuervos se ceban en las reses muertas.
El terreno de los juegos se ha embarrado
y, por falta de uso, los laberínticos senderos
apenas se distinguen invadidos de hierba.

---

[17]   Nombres de amantes a quienes Teseo abandonó, según las historias
sobre este personaje.

Los mortales añoran los gozos del invierno:
ni cánticos ni himnos bendicen ya la noche.
Tú has hecho que la luna, que rige las mareas,
pálida de furia bañe el aire
causando multitud de fiebres y catarros.
Con esta alteración estamos viendo
cambiar las estaciones: la canosa escarcha
cae sobre la tierna rosa carmesí
y a la helada frente del anciano Invierno
la ciñe, como en broma, una diadema
de fragantes renuevos estivales. Primavera,
verano, fecundo otoño, airado invierno
se cambian el ropaje y, viendo sus efectos,
el aturdido mundo no sabe distinguirlos.
Toda esta progenie de infortunios
viene de nuestra disputa, de nuestra discordia.
Nosotros somos sus autores y su origen.

OBERÓN

Pues ponle remedio. De ti depende.
¿Por qué Titania se opone a su Oberón?
Yo sólo te pido el niño robado
para hacerlo mi paje.

TITANIA

No te esfuerces: ni por todo
el País de las Hadas daría el niño.
Su madre me tenía devoción;
en el aire perfumado de la India
conversaba a mi lado muchas noches
y, sentada en la amarilla playa junto a mí,
observaba el navegar de los barcos mercantes.
Reíamos de ver cómo el viento retozón
hinchaba y preñaba las velas. Ella,
encinta de este niño, imitaba
los barcos con su andar grácil y ondulante
y en tierra navegaba por traerme

menudencias y, cual de una travesía,
regresaba junto a mí con rico cargamento.
Mas, siendo una simple mortal, murió en el parto;
por ella estoy criando yo a su hijo
y por ella no pienso separarme de él.

OBERÓN

¿Te quedarás aquí, en el bosque, mucho tiempo?

TITANIA

Quizá hasta después de las bodas de Teseo.
Si te avienes a bailar en nuestro corro
y a ver nuestra fiesta a la luz de la luna, ven.
Si no, rehúyeme, y yo evitaré tu territorio.

OBERÓN

Dame el niño y yo iré contigo.

TITANIA

Ni por todo tu reino. — Vámonos, hadas,
que tendríamos pelea si me quedara.

Salen [TITANIA *y su séquito*].

OBERÓN

Muy bien, vete. De este bosque no saldrás
hasta que te haya atormentado por tu afrenta. —
Mi buen Robín, acércate. ¿Recuerdas
que una vez, sentado en un promontorio,
oí a una sirena montada en un delfín
entonar tan dulces y armoniosas melodías
que el rudo mar se volvió amable con su canto
y algunas estrellas saltaron locas de su esfera
oyendo a la ninfa de los mares?

ROBÍN

Lo recuerdo.

OBERÓN

Aquella vez yo vi (tú no podías),
volando entre la fría Luna y la Tierra,
a Cupido todo armado. Apuntó bien

a una hermosa virgen que reinaba en Occidente [18]
y disparó con energía su amoroso dardo
cual si fuera a atravesar cien mil corazones.
Mas yo vi que los castos rayos de la luna
detenían la fogosa flecha de Cupido
y que la regia vestal seguía caminando
con sus puros pensamientos, libre de amores.
Observé en dónde caía el dardo:
cayó sobre una florecilla de Occidente,
antes blanca, ahora púrpura por la herida
del amor. Las muchachas la llaman «suspiro».
Tráeme esa flor: una vez te la enseñé.
Si se aplica su jugo sobre párpados dormidos,
el hombre o la mujer se enamoran locamente
del primer ser vivo al que se encuentran.
Tráeme la flor y vuelve aquí
antes que el leviatán nade una legua.

ROBÍN
Pondré un cinto a la Tierra en cuarenta minutos.

[*Sale.*]

OBERÓN
En cuanto tenga el jugo
esperaré a que Titania esté dormida
para verter el líquido en sus ojos.
Al primer ser vivo que vea cuando despierte,
sea un león, un oso, un lobo, un toro,
el travieso mono, el incansable simio,
lo seguirá con las ansias del amor.
Y antes que yo quite de sus ojos el hechizo
(y puedo quitárselo con otra planta),
haré que me entregue su paje.

---

[18]   Probable alusión a Isabel I de Inglaterra, la «reina virgen».

Pero, ¿quién viene? Como soy invisible,
voy a escuchar su conversación.

Entra DEMETRIO *seguido de* HELENA.

DEMETRIO

No te quiero, así que no me sigas.
¿Dónde están Lisandro y la bella Hermia?
A él le mataré; ella me mata a mí.
Me dijiste que se escondieron en el bosque:
pues aquí estoy, delirando en el bosque
porque no encuentro a mi Hermia.
¡Vamos, vete y deja de seguirme!

HELENA

¡Tú me atraes, imán duro y despiadado!
No es que yo sea hierro: mi alma es fiel
como el acero. Pierde tú el poder de atraer
y yo no tendré poder para seguirte.

DEMETRIO

¿Acaso te incito? ¿Acaso te adulo?
Más bien, ¿no te digo con toda franqueza
que ni te quiero ni podré quererte?

HELENA

Y yo te quiero más por decir eso.
Soy tu perrita: Demetrio, cuanto más
me pegues tú, yo seré más zalamera.
Trátame como a tal: dame golpes, puntapiés;
desatiéndeme, abandóname, mas consiente
que, indigna como soy, pueda seguirte.
¿Qué peor lugar tendría yo en tu afecto
(aun siendo para mí un puesto de honor)
que ser tratada como tú tratas a tu perro?

DEMETRIO

No fuerces tanto el odio de mi alma,
que sólo de verte ya me pongo malo.

HELENA

Y yo me siento mal si no te veo.

DEMETRIO

Tú arriesgas demasiado tu recato
saliendo de Atenas y entregándote
en brazos de quien no puede quererte,
confiando a los azares de la noche
y a la tentación de estas soledades
el rico tesoro de tu virginidad.

HELENA

Tu virtud es mi garantía, porque
no es de noche si veo tu cara,
y por eso no me siento expuesta a la noche.
Y al bosque no le falta la compañía del mundo,
pues tú eres para mí el mundo entero.
¿Cómo se puede decir que estoy sola
cuando aquí está el mundo entero para verme?

DEMETRIO

Huiré de ti, me esconderé entre las matas
y te dejaré a merced de las fieras.

HELENA

Ni la más cruel tiene tu corazón.
Corre si quieres; se invertirá la historia:
huirá Apolo, y Dafne le dará caza;
la paloma perseguirá al buitre, la gacela
correrá por atrapar al tigre. ¡Vana carrera
cuando huye el valor y persigue el miedo!

DEMETRIO

No pienso discutir más. Déjame
o, si me sigues, ten por cierto
que voy a hacerte daño aquí, en el bosque.

HELENA

Sí, daño ya me haces en la iglesia,
en la ciudad, en el campo. ¡Demetrio, por Dios!
Tus agravios deshonran a mi sexo:
no luchamos por amor, como los hombres,
pues son ellos quienes han de hacer la corte.

[*Sale* DEMETRIO.]

Te seguiré, y de mi infierno haré un cielo
si va a darme muerte quien yo tanto quiero.

      Sale.

OBERÓN
    Adiós, ninfa. Antes que salga del bosque,
    él te seguirá, enfermo de amores.

      Entra ROBÍN.

    Bienvenido, andarín. ¿Traes la flor?
ROBÍN
    Sí, aquí la tengo.
OBERÓN
    Te lo ruego, dámela.
    Hay una loma en que florece el tomillo,
    brotan las violetas y los ciclaminos,
    pergolada de fragante madreselva,
    de rosales trepadores y mosquetas.
    Parte de la noche duerme allí Titania,
    arrullada entre las flores tras la danza;
    su piel esmaltada deja allí la sierpe,
    ropaje que a un hada de sobras envuelve.
    Yo con esta esencia le untaré los ojos
    y la llenaré de torpes antojos.
    Tú llévate un poco; busca en la enramada
    a una ateniense que está enamorada
    de un joven ingrato: úntale a él los ojos
    de forma que vea, primero de todo,
    a la propia dama. Podrás conocerle
    porque va vestido con ropa ateniense.
    Hazlo con cuidado, de modo que esté
    más loco por ella que ella por él.
    Ven a verme antes de que cante el gallo.

ROBÍN
    Tu siervo lo hará. No tema mi amo.

        Salen.

II.ii   *Entra* TITANIA, *reina de las hadas, con su séquito.*

TITANIA
    Vamos, bailad en corro y cantad.
    Después, por unos segundos, partid:
    unas, a matar larvas en los capullos de rosas;
    otras, a quitar a los murciélagos el cuero
    de sus alas para hacerles capas a mis elfos;
    y otras, a alejar al búho que, de noche,
    ulula de asombro ante nuestra finura.
    Arrulladme; después, a trabajar mientras duermo.

            Cantan las HADAS.

[HADA 1.ª]
                Ni sierpes de lengua doble,
                ni un erizo se ha de ver.
                Salamandras y luciones,
                a mi reina no dañéis.
[CORO]
                Acompaña, ruiseñor,
                nuestra nana con tu son.
                Nana, nana, nananá; nana, nana, nananá.
                Nunca mal,
                ni hechizo habrá
                que amenace a nuestra dama.
                Buenas noches con la nana.
HADA 1.ª
                Tejedora araña, ¡lejos!
                ¡Vete, zanquilarga, atrás!

¡Fuera, escarabajo negro!
Y, babosas, no hagáis mal.

[CORO]

Acompaña, ruiseñor, etc. [19].

Se duerme TITANIA.

HADA 2.ª

Todo bien. Vámonos ya.
¡Que una monte guardia allá!

[*Salen las* HADAS.]
Entra OBERÓN [*y aplica el jugo a los párpados
de* TITANIA].

OBERÓN

A quien veas al despertar
por tu amado tomarás;
por él de amor penarás.
Sea oso, lince o gato,
rudo jabalí o leopardo,
lo que despertando veas
será tu amor. Tú despierta
cuando algo feo esté cerca.

[*Sale* [20].]
Entran LISANDRO *y* HERMIA.

---

[19]   No se conserva la melodía de esta nana. En los textos originales (véase
Nota preliminar, pág. 55) se indica mediante este «etc». la repetición de la
anterior estrofa del coro de hadas. Algunas ediciones modernas prefieren re-
petir textualmente dicha estrofa.

[20]   Tras la salida de Oberón, Titania queda en escena durmiendo. En el teatro de Shakespeare tal vez la ocultase alguna cortina, acaso la que al parecer
había en el centro del fondo del escenario. En el teatro moderno (y en la
ópera de Britten sobre esta comedia) se emplean diversos medios para ocul-
tarla o hacerla invisible temporalmente.

LISANDRO

Amor, de andar por el bosque desfalleces
y, en verdad, a mí el camino se me olvida.
Hermia, más nos vale descansar si quieres
y esperar a reanimarnos con el día.

HERMIA

Muy bien. Tú búscate un lecho, buen Lisandro;
yo sobre esta orilla buscaré descanso.

LISANDRO

Que el césped nos sirva de almohada a los dos:
haya un lecho, un juramento, un corazón.

HERMIA

No, mi buen Lisandro. Por mi amor, intenta
descansar más lejos, no acostarte cerca.

LISANDRO

¡Amor mío, mi intención es inocente!
Cuando hablan amantes, el amor entiende.
Lo que digo es que mi pecho se une al tuyo
de tal modo que entre ambos hacen uno.
Si dos corazones se juran amor,
después ya no queda más que un corazón.
Conque no me impidas que duerma a tu lado,
pues con este enredo no te habré enredado.

HERMIA

Mi Lisandro sutiliza con encanto.
¡Pierda yo mi dignidad y mis modales
si he pensado que pretendes enredarme!
Pero, amigo, por amor y cortesía
acuéstate lejos, si el decoro estimas;
el alejamiento que se recomienda
a un soltero honesto y a una doncella:
a esta distancia. Muy bien, que descanses
y que, mientras vivas, tu amor jamás cambie.

LISANDRO

Así sea, te digo: has rezado bien.

Que cese mi vida cuando no sea fiel.
Mi lecho está aquí; sea tu alivio el sueño.

HERMIA

A medias contigo se cumpla el deseo.

Se duermen.
Entra ROBÍN.

ROBÍN

Todo el bosque he recorrido,
pero al de Atenas no he visto
en cuyos ojos se encienda
el amor que da esta esencia.
Noche y silencio. ¿Quién duerme?
Viste con ropa ateniense.
Este es quien dijo Oberón
que despreciaba a su amor.
Y aquí está ella, durmiendo
en el sucio y frío suelo.
Pobrecilla, no se ha echado
junto al cruel desamorado.
Ruin, a tus ojos aplico
las virtudes de este hechizo.
Que el amor, cuando despiertes,
los párpados no te cierre.
Despierta cuando no esté,
pues a Oberón debo ver.

Sale.
Entran DEMETRIO *y* HELENA, *corriendo.*

HELENA

Detente ya, aunque me mates, buen Demetrio.

DEMETRIO

Aléjate, no me acoses, te lo ordeno.

HELENA

  ¿Es que piensas dejarme en la oscuridad?

DEMETRIO

  Me voy solo. Quédate o lo sufrirás.

     Sale.

HELENA

  Me roba el aliento esta caza loca;
  menor es la gracia cuanto más imploras.
  Dondequiera esté, bien dichosa es Hermia,
  pues tiene unos ojos que atraen y embelesan.
  ¿Cómo es que así brillan? No será su llanto,
  que entonces mis ojos más se han inundado.
  No es eso: es que soy más fea que un oso,
  pues, cuando veo animales, me huyen todos;
  conque no debe extrañarme que Demetrio
  me rehúya cual si yo fuera un engendro.
  ¿Qué espejo falaz y siniestro pretende
  medirme con Hermia y sus ojos celestes?
  Mas, ¿quién hay aquí? ¿Es Lisandro el que yace?
  ¿Duerme o está muerto? No veo que haya sangre.
  Si vives, despierta, Lisandro, señor.

LISANDRO [*despertándose*]

  Y andaré por fuego en pos de tu amor.
  Transparente Helena, la sabia natura
  me deja que vea el corazón que ocultas.
  ¿Dónde está Demetrio? ¡Ah, qué bien le cuadra
  el vil nombre a quien matará mi espada!

HELENA

  No digas eso, Lisandro, no lo digas.
  ¿Qué más da que ame a Hermia? ¿Qué más daría?
  Pero Hermia te quiere. Vive, pues, en paz.

LISANDRO

  ¿En paz yo con Hermia? No, pues hice mal
  malgastando en ella minutos de más.

Hermia, no: Helena es la que amo ahora.
¿Quién no cambiaría cuervo por paloma?
La razón gobierna nuestra voluntad;
la razón me dice que tú vales más.
Todo cuanto crece madura en sazón;
yo hasta hoy no estaba maduro en razón.
Y ahora, en la cima del discernimiento,
la razón dirige todos mis deseos
y me lleva a tus ojos, preciosos libros,
donde leo historias que el amor ha escrito.

HELENA

¿Nací yo para sufrir la burla cruel?
¿Qué habré hecho que merezca tu desdén?
¿No es bastante, jovencito, no es bastante
no haber merecido la mirada amable
del buen Demetrio, ni poder merecerla,
sin que tú te mofes de mis deficiencias?
Eres muy injusto, de veras lo eres,
cortejándome de un modo tan hiriente.
Mas queda con Dios. De verdad confieso
que te había tenido por más caballero.
¡Ah, que la mujer que un hombre rechaza
deba ser también por otro insultada!

Sale.

LISANDRO

No ha visto a Hermia. — Hermia, duerme tú ahí
y ojalá ya nunca te acerques a mí.
Pues, igual que un exceso de golosinas
las hace enojosas y hasta repulsivas,
o, cual las herejías que se abandonan,
que quien ha creído en ellas más las odia,
a ti, mi herejía y mi dulce exceso,
todos te aborrezcan y yo más que ellos.
Ahora consagro mi amor y energías
a ser caballero de Helena y servirla.

Sale.

HERMIA [*despertándose*]
   ¡Socorro, Lisandro! ¡Ven a defenderme
   y quítame de mi pecho esta serpiente!
   ¡Ay de mí, piedad! — ¡Ah, qué terrible sueño!
   Lisandro, mira cómo tiemblo de miedo.
   El corazón una sierpe me comía,
   mientras tú despreocupado sonreías.
   ¡Lisandro! ¿Se ha ido? ¡Lisandro, amigo!
   ¿No estás? ¿No me oyes? ¿Ni una voz, ni un ruido?
   ¡Ay! ¿Dónde estás? Si es que me oyes, di algo;
   por amor, habla. Del miedo me desmayo.
   ¿No? ¿Nada? Entonces, si aquí ya no estás,
   a ti o a la muerte tengo que encontrar.

      Sale.

III.i   *Entran los cómicos* [FONDÓN, MEMBRILLO, MORROS,
         HAMBRÓN, AJUSTE y FLAUTA].

FONDÓN
   ¿Estamos todos?
MEMBRILLO
   Y a la hora. Este sitio es formidable para ensayar. El césped
   será la escena; esta mata de espino, el vestuario, y actuare-
   mos igual que después ante el duque.
FONDÓN
   ¡Membrillo!
MEMBRILLO
   ¿Qué quiere mi gran Fondón?
FONDÓN
   En esta comedia de Píramo y Tisbe hay cosas que no gusta-
   rán. Primera, Píramo desenvaina y se mata: las damas no
   pueden soportarlo. ¿Qué me dices?

MORROS

Diantre, es para temerlo.

HAMBRÓN

Al final tendremos que quitar las muertes.

FONDÓN

Nada de eso: con mi idea quedará bien. Escribid un prólogo en el que se diga que no haremos daño con las espadas y que Píramo no muere de verdad; y, para más seguridad, decidles que yo, Píramo, no soy Píramo, que soy Fondón el tejedor. Esto los tranquilizará.

MEMBRILLO

Bien, escribiremos el prólogo, y en versos de ocho y seis sílabas.

FONDÓN

No, añádeles dos: en versos de ocho y ocho.

MORROS

¿Y el león no asustará a las damas?

HAMBRÓN

Me lo temo, os lo aseguro.

FONDÓN

Señores, tenéis que pensarlo bien. Meter un león entre damas (¡Dios nos libre!) es cosa de espanto, pues no hay pájaro salvaje más terrible que el león. Habría que llevar cuidado.

MORROS

Pues, nada: otro prólogo diciendo que no es un león.

FONDÓN

Sí, y dando el nombre del actor, y que se le vea media cara por el cuello del león, y que hable él mismo, diciendo esto o algo de su parecencia: «Damas...», o «Bellas damas, desearía...», o «Yo os rogaría...», o «Yo os suplicaría que no temáis, que no tembléis: mi vida por la vuestra. Si creéis que vengo aquí como león, no merezco vivir. No, no soy tal cosa: soy un hombre como otro cualquiera». Y entonces que diga su nombre, y les diga claramente que es Ajuste el ebanista.

MEMBRILLO

Muy bien, se hará. Quedan dos dificultades: una es meter la
luz de la luna en el salón. Ya sabéis que Píramo y Tisbe se
encuentran a la luz de la luna.

MORROS

¿Habrá luna la noche de la función?

FONDÓN

¡Un calendario, un calendario! Míralo en el almanaque.
Mira cuándo hay luna, cuándo hay luna.

MEMBRILLO

Sí, esa noche hay luna.

FONDÓN

Entonces se puede dejar abierta una hoja de la ventana del
salón donde actuaremos, y la luz de la luna podrá entrar por
la ventana.

MEMBRILLO

Eso o, si no, que entre alguno con un manojo de espinos y
una lámpara diciendo que viene a *empersonar* o representar
la luz de la luna[21]. La otra cosa que necesitamos es un muro
en el salón, pues, según la historia, Píramo y Tisbe se habla-
ron por la grieta de un muro.

MORROS

Un muro no se puede meter. ¿Tú qué dices, Fondón?

FONDÓN

Pues que alguien tendrá que hacer de muro. Que venga con
yeso, argamasa o revoque para indicar que es un muro. O
que ponga los dedos así y por este hueco pueden musitar Píramo y Tisbe[22].

---

[21]   Según la leyenda, en la luna hay un hombre que lleva un manojo de
espinos y una lámpara y que a veces va acompañado por su perro. Así apare-
cerá Hambrón (Luz de Luna) en la función de la última escena (véanse págs. 132
y 137-138).
[22]   Es decir, por el hueco en forma de uve que queda abriendo los dedos
índice y medio.

MEMBRILLO
Si puede hacerse, todo irá bien. Vamos, todo hijo de vecino
a sentarse y ensayar su papel. Píramo, tú empiezas. Al acabar tu recitado, te metes en ese matorral. Y así los demás,
según os toque.

Entra ROBÍN [*invisible*].

ROBÍN
¿Qué están voceando estos rústicos de estopa
aquí, junto a la cuna de nuestra Hada Reina?
¡Cómo! ¿Alguna comedia? Seré espectador;
y tal vez actor, si se presenta el caso.
MEMBRILLO
Habla, Píramo. Tisbe, acércate.
FONDÓN
«Tisbe, encierran las flores sabor ojeroso».
MEMBRILLO
¡Oloroso!
FONDÓN
«... sabor oloroso.
Igual es tu aliento, mi Tisbe querida.
Mas, oye. ¡Una voz! Aguarda un instante,
que Píramo vuelve contigo en seguida».

Sale.

ROBÍN
Píramo más raro jamás se vería.

[*Sale.*]

FLAUTA
¿Me toca a mí ahora?
MEMBRILLO
Sí, sí, claro. Date cuenta que él ha salido a ver qué era ese
ruido, y tiene que volver.

FLAUTA

«Ah, Píramo radiante, del color de los lirios,
de tez cual rosas rojas en triunfante rosal,
juvenil, rozagante, el más bello judío [23],
caballo fiel que nunca se podría fatigar.
Píramo, nos veremos en la tumba del niño».

MEMBRILLO

¡Tumba «de Nino», tú! Pero eso no lo digas todavía: es tu
respuesta a Píramo. Tú recitas tu papel de un tirón, con ré-
plicas y todo. ¡Píramo, entra! Se te ha pasado el pie, que es:
«se podría fatigar».

FLAUTA

¡Ah! — «Caballo fiel que nunca se podría fatigar».

Entran [ROBÍN *y*] FONDÓN *con cabeza de asno.*

FONDÓN

«Si fuera hermoso, hermosa Tisbe, tuyo sería».

MEMBRILLO

¡Portentoso! ¡Pasmoso! ¡Nos han embrujado! ¡Amigos,
huid, amigos! ¡Socorro!

Salen todos los cómicos.

ROBÍN

Voy a seguiros. Os haré dar rodeos
por ciénaga, mata, espino y chaparro.
Caballo unas veces, otras seré perro,
oso sin cabeza, cerdo y fuego fatuo
que relinche, ladre, ruja, gruña y arda
cual caballo, perro, oso, cerdo y llama.

---

[23]   No se ha podido explicar satisfactoriamente el sentido de «judío»
(«Jew» en el original) en estos versos. Acaso sólo sea uno más de los ripios
que tanto abundan en el texto de los artesanos.

Sale.
[*Entra* FONDÓN.]

FONDÓN
¿Por qué huyen? Esto es una maña para meterme miedo.

Entra MORROS.

MORROS
¡Fondón, te han cambiado! ¿Qué veo sobre tus hombros?
FONDÓN
¿Que qué ves? Pues tu cara de burro, ¿a que sí?

[*Sale* MORROS.]
Entra MEMBRILLO.

MEMBRILLO
¡Dios te valga, Fondón! ¡Te han transformado!

Sale.

FONDÓN
Ahora veo la maña. Me quieren volver un burro, asustarme,
si es que pueden. Yo de aquí no me muevo, por más que lo
intenten. Pasearé de acá para allá, y cantaré para que vean
que no tengo miedo:
[*Canta*] El mirlo de negro color
            y azafranado pico,
            el tordo con su justo son,
            del reyezuelo el trino.
TITANIA [*despertándose*]
¿Qué ángel me despierta de mi lecho de flores?[24].

---

[24]   Aunque en el teatro se la oculte o haga invisible, según el texto Titania
ha permanecido dormida en escena desde II.ii (véase nota 20, pág. 84).

FONDÓN [*canta*]

> Jilguero, alondra y pardal,
> la llana voz del cuco,
> que todos suelen escuchar,
> mas responder, ninguno [25].

¡Claro! ¿Para qué medir tu seso con un pájaro tan tonto?
¿Quién va a desmentir a un pájaro, por más que grite «cu-
cú»?

TITANIA

Te lo ruego, buen mortal, canta otra vez;
tu canto enamora mis oídos.
A mis ojos los ha cautivado tu figura,
el poder de tu excelencia me ha inflamado
y te juro que con verte ya te amo.

FONDÓN

Señora, creo que os falta alguna razón para decir eso.
Bueno, la verdad es que en estos tiempos amor y razón no
hacen buenas migas. ¡Lástima que algunas buenas gentes
no quieran hermanarlos! Vaya, si se tercia tengo gracia.

TITANIA

Tú eres tan listo como hermoso.

FONDÓN

Bueno, eso no; aunque si fuese tan listo como para salir de
este bosque, ya me bastaría.

TITANIA

Fuera de este bosque no quieras salir;
te guste o disguste, seguirás aquí.
Espíritu soy de alta condición,
el grato verano es mi servidor
y a ti yo te amo, conque ven conmigo:
voy a darte hadas para tu servicio
que del hondo mar han de traerte joyas
y arrullarte mientras duermes sobre rosas.

---

[25] No se conserva la melodía original de esta canción.

De materia corpórea voy a liberarte,
y andarás como un espíritu del aire.
¡Flordeguisante, Telaraña, Polilla, Mostaza!

Entran cuatro hadas.

[FLORDEGUISANTE]
Presente.
[TELARAÑA]
Y yo.
[POLILLA]
Y yo.
[MOSTAZA]
Y yo.
TODAS
¿Adónde vamos?
TITANIA
Sed corteses y amables con el caballero.
Brincad a su paso, ante él dad vueltas,
y que coma albaricoques y frambruesas,
purpúreas uvas, higos verdes, moras.
Sacad de abejorros la miel de su bolsa;
cortando sus céreas patas haced velas
que encenderéis con los ojos de luciérnagas
y, cuando duerma mi amor, le harán de antorchas.
Y arrancad las alas a las mariposas
por aventar de sus párpados cerrados
los rayos de luna. Hadas, inclinaos.
FLORDEGUISANTE
¡Salud, mortal!
TELARAÑA
¡Salud!
POLILLA
¡Salud!
MOSTAZA
¡Salud!

FONDÓN
Pido mil perdones a vuestras mercedes. Vos, ¿cómo os llamáis?

TELARAÑA
Telaraña.

FONDÓN
Señora Telaraña, espero que seamos amigos. Si me corto el
dedo, me permitiré utilizaros. — ¿Cómo se llama vuestra
merced?

FLORDEGUISANTE
Flordeguisante.

FONDÓN
Os lo ruego, saludad de mi parte a la Señora Vaina, vuestra
madre, y al Señor Guisante, vuestro padre. Mi buena señora, espero que seamos amigos. — ¿Queréis decirme vuestro nombre?

MOSTAZA
Mostaza.

FONDÓN
Señora Mostaza, conozco bien vuestro sufrimiento. Ese cobarde gigantón de buey ha devorado a muchas parientes
vuestras. Os aseguro que vuestra familia me ha hecho llorar
muchas veces. Señora Mostaza, espero que seamos amigos.

TITANIA
Vamos, servidle. Llevadle a mi floresta.
La luna nos mira con ojos de llanto
y lloran las flores cuando llora ella,
como lamentando algún pudor forzado [26].
Atadle la lengua. Llevadle callado [27].

    Salen.

---

[26] Recuérdese que la luna se asocia con Diana, diosa de la castidad (véanse pág. 62 y nota 4).
[27] Tal vez porque, como apunta Wells en su edición, Fondón está haciendo «ruidos asnales».

III.ii   *Entra* [OBERÓN,] *rey de las hadas*.

OBERÓN
   ¿Se habrá despertado Titania?
   ¿Qué habrá sido lo primero que encontró su vista
   de lo cual debe prendarse ciegamente?

        Entra ROBÍN.

   Aquí está mi mensajero. ¿Qué hay, espíritu loco?
   ¿Qué desorden anda suelto en la floresta?
ROBÍN
   Que de un monstruo se ha prendado nuestra reina.
   Muy cerca de su oculta y sacra enramada,
   mientras sumida en el sueño reposaba,
   una tropa de palurdos artesanos,
   que en puestos de Atenas hacen su trabajo,
   se ha reunido para ensayar una obra
   que al duque Teseo brindan en sus bodas.
   El peor zopenco de esta gente necia,
   el que hace de Píramo en esa comedia,
   salió de la escena y se metió en las matas,
   conque aproveché esa circunstancia
   y le encasqueté una cabeza de burro.
   En cuanto su Tisbe concluyó su turno,
   mi cómico entró. No más lo avistaron,
   cual de un cazador que vieran los patos
   o como bandada de parduzcas chovas
   que chillan y vuelan al oír la pólvora,
   como locas dispersándose en el cielo,
   sus buenos amigos al verle así huyeron,
   y ante mis pisadas uno rodó en tierra,
   gritó «¡A mí!» y pidió socorro a Atenas.
   El pánico es tanto que el juicio les falla
   y aun lo inanimado creen que les ataca,

pues zarzas y espinos arrebatan gorros,
mangas, ropas (fácil presa es el miedoso).
En su loco horror los sigo ahuyentando
y allí al dulce Píramo dejo transformado.
En ese momento Titania despierta
e inmediatamente del burro se prenda.

OBERÓN

Esto desbarata mi plan y propósito.
¿Y le has apresado al de Atenas los ojos
con el jugo de amor, como te mandé?

ROBÍN

También hice eso. Durmiendo le hallé;
la moza ateniense a su lado estaba:
la vería por fuerza cuando despertara.

Entran DEMETRIO *y* HERMIA.

OBERÓN

Escóndete aquí [28], que este es el joven.

ROBÍN

Esta es la mujer, pero él no es el hombre.

DEMETRIO

¿Cómo es que rechazas al que así te quiere?
Vitupera así a quien más detestes.

HERMIA

Debería odiarte la que ahora te riñe:
me has dado motivo para maldecirte.
Si, mientras dormía, a Lisandro has muerto,
ya metido en sangre, báñate de lleno
y mátame también.
Jamás con el día fue tan fiel el sol
como él conmigo. ¿Que se escabulló

---

[28]   En II.i Oberón era invisible para Demetrio y Helena. Aquí, en cambio,
parece que se considera visible.

durante mi sueño? No: más fácil fuera
perforar el eje mismo de la Tierra
y que la luna asomara en las antípodas,
disgustando allí al sol de mediodía.
Con ese rostro criminal e inhumano
es claro y seguro que tú le has matado.

DEMETRIO

Es el rostro del que ha muerto, como yo:
tu crueldad me ha traspasado el corazón.
Mas tú, la asesina, estás tan radiante
como Venus en su esfera rutilante.

HERMIA

Y eso, ¿qué tiene que ver con mi Lisandro?
¿Dónde está? Ah, buen Demetrio, ¿quieres dármelo?

DEMETRIO

Antes diera su carnaza a mis podencos.

HERMIA

¡Calla, perro cruel! Tientas en exceso
mi mansa paciencia. ¡Conque le mataste!
Entre los humanos deja de contarte.
¡Dime la verdad, de una vez por siempre!
Estando él despierto, ¿le habrías hecho frente?
¿Y le matas durmiendo? ¡Vaya osadía!
Bien lo hiciera una serpiente o una víbora.
Fue una víbora, pues no muerde ninguna,
¡reptil!, con lengua más doble que la tuya.

DEMETRIO

Malgastas pasión en un tono errado.
Yo no he vertido la sangre de Lisandro.
Además, no ha muerto, por lo que yo sé.

HERMIA

Entonces, Demetrio, dime que está bien.

DEMETRIO

Y si es que pudiera, ¿tú qué me darías?

HERMIA

El privilegio de no verme en la vida.

De tu vil presencia ahora me alejo.
No vuelvas a verme, esté él vivo o muerto.

Sale.

DEMETRIO

¿Para qué seguirla con tal arrebato?
Más vale que aquí me tome un descanso.
La pena es un peso que crece y se agrava
si el sueño su deuda con ella no paga;
ahora una parte podrá devolverla,
y yo aceptaré lo que el sueño ofrezca.

Se acuesta [*y duerme*].

OBERÓN

Pero, ¿qué has hecho? Te has equivocado
poniendo el jugo a un leal enamorado.
Su fiel amor se ha torcido con tu yerro
sin que al falso lo hayas puesto del derecho.

ROBÍN

Mandará el destino, pues, por un leal,
millones perjuran y perjurarán.

OBERÓN

Más raudo que el viento corre en la floresta
y haz por encontrar a la ateniense Helena.
Con su mal de amores, pálido el semblante,
los suspiros la vacían de su sangre[29].
Procura atraerla con alguna astucia;
a este habré hechizado cuando ella acuda.

ROBÍN

Me voy, me voy. Mira cómo salgo:
más deprisa que las flechas de los tártaros.

---

[29] Se creía que suspirar reducía la sangre de una persona.

Sale.

OBERÓN [*aplicando el jugo a los ojos de Demetrio*]
Flor de púrpura teñida,
sé cual Cupido y atina
penetrando en su pupila.
Cuando él vea a su amiga,
que ella luzca tan divina
como la Venus que brilla. —
Al despertar, si la miras,
ella sea tu medicina.

Entra ROBÍN.

ROBÍN
Capitán de nuestras hadas,
Helena ya está cercana
y el joven que fue mi error
suplica paga de amor.
¿Vemos a estos comediantes?
¡Qué tontos son los mortales!
OBERÓN
¡A un lado! El ruido de estos
va a despertar a Demetrio.
ROBÍN
La cortejarán los dos.
¡Qué incomparable función!
Pues no hay nada que me agrade
como un bufo disparate.

[*Se apartan* OBERÓN *y* ROBÍN.]
Entran LISANDRO *y* HELENA.

LISANDRO
¿Por qué piensas que cortejo con desprecio?
Ni desdén ni burla se expresan con llanto.

Siempre que juro amor, lloro: juramentos
que han nacido así son firmes y honrados.
¿Cómo crees que lo que hago es despreciar
si lleva el sello de la autenticidad?

HELENA

Cada vez se muestran más tus artimañas.
Si verdad mata a verdad, ¡vil santidad!
Juraste amor a Hermia. ¿Vas a dejarla?
Sopesa juramentos: peso no habrá.
La balanza está igualada con tu voto
a Hermia y a mí: los dos pesan poco.

LISANDRO

Actué sin juicio al jurarle mi amor.

HELENA

Como ahora, al dejarla, obras sin razón.

LISANDRO

Demetrio la ama, y no te ama a ti.

DEMETRIO [*despertándose*]

¡Oh, mi diosa Helena, ninfa sin igual!
¿Con qué podría tus ojos comparar?
El cristal es turbio. ¡Ah, qué tentadoras
lucen las maduras guindas de tu boca!
Esa pura y cuajada nieve del Tauro
que orea el viento del Este, es un grajo
cuando tú alzas la mano. ¡Deja que bese
este regio blancor, aval de mi suerte!

HELENA

¡Qué aflicción! ¡Qué infierno! Os habéis propuesto
arremeter contra mí por pasatiempo.
Si fuerais corteses, de buenas maneras,
no me agraviaríais con tamaña ofensa.
Ya que así me odiáis, ¿odiarme no os basta,
que os burláis de mí en áspera alianza?
Si fuerais los hombres que parecéis ser
nunca insultaríais así a una mujer.

Prometéis, juráis, agrandáis mis méritos,
cuando sé que me odiáis en alma y cuerpo.
Ambos sois rivales y amáis a Hermia,
y rivalizáis burlándoos de Helena.
¡Valiente proeza, varonil hazaña
arrancar el llanto de infeliz muchacha
con toda esta mofa! Ningún noble ánimo
ofendería así a una virgen, torturando
su pobre paciencia por pasar el rato.

LISANDRO
Ya basta, Demetrio: no seas tan cruel,
pues amas a Hermia (sabes que lo sé).
Yo aquí de buen grado, con el corazón,
de Hermia te entrego mi parte de amor.
Cédeme tú a mí tu parte de Helena,
a la que amaré hasta que me muera.

HELENA
Nunca dos burlones más tiempo perdieran.

DEMETRIO
Para ti toda tu Hermia, buen Lisandro:
si una vez la amé, es amor pasado.
Mi amor fue con ella cual fugaz viajero,
y ahora ya por siempre con Helena ha vuelto
para ahí quedarse.

LISANDRO
                    ¡Helena, él miente!

DEMETRIO
No denigres la lealtad que tú no entiendes:
es un riesgo que podría costarte caro.
Mírala, ahí viene: tu amor ha llegado.

Entra HERMIA.

HERMIA
La noche, que al ojo su función le impide,
hace que el oído sea más sensible;

así, aunque las sombras nieguen la visión,
premian al oído con doble audición.
No es mi ojo, Lisandro, el que dio contigo,
sino que a tu voz me trajo el oído.
Mas, ¿por qué tan rudamente me dejaste?

LISANDRO

Si amor me alejaba, ¿por qué iba a quedarme?

HERMIA

¿Qué amor podría alejarte de mi lado?

LISANDRO

El amor que ahora empuja a Lisandro:
la bella Helena, que a la noche engalana
más que todas las brillantes luminarias.
¿Por qué me has seguido? ¿No te hace ver esto
que te dejé por el odio que te tengo?

HERMIA

No es posible. Tú no dices lo que piensas.

HELENA

¡Conque en esta alianza también está ella!
Ahora ya entiendo el juego que llevan:
unidos los tres, mejor me atormentan.
¡Injuriosa Hermia, mujer más que ingrata!
¿Con ellos conspiras, con ellos maquinas
para acosarme con tan zafia burla?
Todos los secretos que hemos compartido,
promesas de hermanas, horas que pasábamos
reprendiendo al tiempo presuroso
porque nos separaba... ¿Todo eso se ha olvidado?
¿La amistad en la escuela, nuestro candor de niñas?
Hermia, nosotras, como dos dioses artífices,
con nuestras agujas creamos una flor
sobre una misma muestra, sobre un mismo cojín
sentadas, cantando las dos en armonía,
cual si manos, costados, voces y almas
fueran de un solo cuerpo. Así crecimos juntas
como una doble guinda que parece separada,

pero que guarda unidad en su división:
dos hermosas frutas moldeadas sobre un tallo;
a la vista dos cuerpos, mas un solo corazón;
dos mitades iguales de un blasón,
mas de un solo título y una sola cimera.
¿Vas a partir en dos nuestro viejo cariño
uniéndote a hombres e hiriendo a tu amiga?
Eso no es de amiga, ni es de doncella.
Nuestro sexo, igual que yo, te lo reprobará,
aunque sólo sea yo la que esté herida.

HERMIA

Me asombra la pasión de tus palabras.
Yo de ti no me burlo; más bien tú de mí.

HELENA

¿No has mandado a Lisandro que me siga
en son de burla y que alabe mis ojos y mi cara?
¿Y no has hecho que Demetrio, tu otro amor,
que hace poco me trataba a puntapiés,
me llame diosa, ninfa, única, divina,
joya celestial? ¿Por qué le dice eso
a la que odia? ¿Y por qué Lisandro
reniega de tu amor, que le llenaba el alma,
y a mí, ¡válgame!, me ofrece el suyo,
si no es porque tú lo induces y consientes?
Y eso que no me veo favorecida,
colmada de amor o afortunada como tú,
sino mísera, amante mas no amada.
Lo que yo merezco es lástima, no desprecio.

HERMIA

No entiendo qué quieres decir.

HELENA

¡Eso! Tú persiste: finge seriedad;
haz muecas a mi espalda, guiñaos
el ojo y, ¡adelante con el juego!
Esta broma, bien llevada, pasará a las crónicas.

Si tuviérais compasión, lástima o respeto,
no haríais de mí el blanco de este ataque.
Así que adiós. En parte es culpa mía,
que pronto purgará mi ausencia o muerte.

LISANDRO

Espera, dulce Helena. Deja que te explique,
¡amor mío, alma y vida, bella Helena!

HELENA

¡Admirable!

HERMIA [*a* LISANDRO]

Mi amor, no te burles de ella.

DEMETRIO

Si no le convence, yo le obligaré.

LISANDRO

Ni tú vas a obligarme, ni ella a convencerme.
Más que sus ruegos no podrán tus amenazas. —
Te quiero, Helena; por mi vida que te quiero.
Te juro por la vida que por ti perdería
que daré el mentís a quien diga lo contrario.

DEMETRIO [*a* HELENA]

Yo digo que te quiero más que él.

LISANDRO

Entonces ven conmigo a demostrarlo.

DEMETRIO

Vamos, pronto.

HERMIA

Lisandro, ¿adónde lleva todo esto?

LISANDRO

¡Suéltame, gitana!

DEMETRIO

Sí, claro. Parece que se suelta.
Hace ademán de seguirme, pero no viene. —
¡Si serás miedoso!

LISANDRO

¡Quita, gata, lapa! ¡Suéltame, engendro,
o te sacudiré de mí como a una víbora!

HERMIA

   ¿Por qué te pones tan grosero?

   ¿Por qué este cambio, amor mío?

LISANDRO

   ¿Amor tuyo? ¡Aparta, negra zíngara!

   ¡Quita, medicina vil, repugnante pócima!

HERMIA

   ¿Estás bromeando?

HELENA

   Sí, claro, y tú también.

LISANDRO

   Demetrio, mantengo mi palabra.

DEMETRIO

   Quisiera atarte a ella, al ver tu débil

   atadura. No me fío de tu palabra.

LISANDRO

   ¡Cómo! ¿Quieres que le pegue, la hiera, la mate?

   Por más que la odie, no pienso hacerle daño.

HERMIA

   ¿Y qué daño podría ser mayor que el odio?

   ¿Tú odiarme? ¿Por qué? ¡Ay de mí! ¿Qué ocurre, amor?

   ¿No soy Hermia? ¿Tú no eres Lisandro?

   Tan bella soy como era antes. Anoche

   me querías, y esta noche me has dejado.

   Entonces (¡los dioses me valgan!), ¿he de entender

   que me has dejado de verdad?

LISANDRO

   Sí, por mi vida, y no quería volver a verte.

   Abandona la esperanza, las palabras,

   toda duda. Ten por cierto y verdadero

   que te odio (no hablo en broma) y que amo a Helena.

HERMIA

   ¡Ah, tramposa, oruga roedora, ladrona

   de amores! ¿Le has robado a mi Lisandro

   el corazón al amparo de la noche?

HELENA

> ¡Eso está bien! ¿No hay en ti recato,
> pudor de doncella, ni pizca de sonrojo?
> ¿Quieres que mi dulce lengua te responda
> con rabia? ¡Quita, comediante, títere!

HERMIA

> ¿Cómo «títere»? ¡Ah, ese es tu juego!
> Ya entiendo: lo que hace es comparar
> nuestra estatura. Presume de alta,
> y con su figura, su larga figura,
> su talla, ¡sí, señor!, se lo ha conquistado.
> ¿Te tiene en tan alta estima
> porque yo soy tan baja y menuda?
> ¿Cómo soy de baja, cucaña pintada, eh?
> ¿Cómo soy de baja? Pues no tanto
> que las uñas no me lleguen a tus ojos.

HELENA

> Amigos, os lo ruego, aunque os burléis de mí,
> no dejéis que me haga daño. Nunca tuve
> mala lengua, ni soy una arpía.
> Como buena mujer soy muy cobarde.
> Que no me pegue. Acaso penséis
> que, porque ella es algo más baja,
> yo puedo con ella.

HERMIA

> ¿Más baja? ¡Otra vez!

HELENA

> Mi buena Hermia, no estés tan airada conmigo.
> Siempre te he querido, Hermia; siempre
> guardé tus secretos, nunca te agravié,
> salvo cuando, por amor a Demetrio,
> le dije que huirías a este bosque.
> Él te siguió y por amor yo le seguí,
> pero él me echaba de su lado, amenazándome
> con pegarme, darme de patadas y aun matarme.
> Ahora, si me dejáis marchar en paz,

volveré a Atenas llevando mi locura
y ya no os seguiré. Dejadme ir.
Ya veis lo simple y lo boba que soy.

HERMIA

¡Pues vete! ¿Quién te lo impide?

HELENA

Mi torpe corazón, que aquí se queda.

HERMIA

¡Cómo! ¿Con Lisandro?

HELENA

Con Demetrio.

LISANDRO

No temas, Helena; ella no te hará daño.

DEMETRIO

Ningún daño, aunque tú estés de su parte.

HELENA

Ah, cuando se irrita tiene la lengua afilada.
Cuando iba a la escuela era una víbora
y, aunque sea menuda, es una fiera.

HERMIA

¿Otra vez «menuda»? ¿Sólo baja y pequeña?
¿Vais a tolerar que así me insulte?
Dejádmela a mí.

LISANDRO

¡Aparta, enana!
¡Minúscula, cuerpo atrofiado,
bellota, comino!

DEMETRIO

¡Qué obsequioso eres
en favor de quien desprecia tus servicios!
Déjala en paz; no hables de Helena, ni te pongas
de su parte, pues, al más leve gesto
de amor por ella, lo pagarás.

LISANDRO

Ahora ya no me sujeta,
conque, si te atreves, sígueme y veremos
quién tiene más derecho al amor de Helena.

DEMETRIO

   ¿Seguirte? A ti iré pegado.

Salen LISANDRO *y* DEMETRIO.

HERMIA

   Señora, todo este alboroto es por ti.
   No, no; no te vayas.

HELENA

                         De ti no me fío,
   ni voy por más tiempo a quedarme contigo.
   Para pelear, tienes manos más prestas,
   mas, para escapar, son más largas mis piernas.

   [*Sale.*]

HERMIA

   No sé qué decir, y salgo perpleja.

          Sale.
          Se adelantan OBERÓN *y* ROBÍN.

OBERÓN

   Ya ves tu descuido. ¿Siempre te equivocas
   o haces tus trastadas a propósito?

ROBÍN

   Créeme, Rey de las Sombras: fue un error.
   ¿No me dijiste que podía conocerle
   porque iba vestido con ropa ateniense?
   Entonces no hay culpa: en esta encomienda
   sí que unté los ojos a uno de Atenas.
   Y me alegra mucho que saliera así,
   pues ver sus trifulcas me ha hecho reír.

OBERÓN

   Esos dos han ido a luchar en el bosque;
   corre tú, Robín, y nubla la noche:

el cielo estrellado recubre al momento
de niebla tan negra como el propio infierno
y extravía a esos rivales de tal modo
que no pueda el uno encontrarse al otro.
A veces adopta la voz de Lisandro
y acusa a Demetrio con injustos cargos;
reniega otras veces igual que Demetrio
y distancia a ambos hasta que entre el sueño,
remedo de muerte, con piernas de plomo
y alas de murciélago, y cierre sus ojos:
sobre los de Lisandro exprime esta hierba,
cuyo jugo la virtud mágica encierra
de liberarlos de cualquier ilusión
y darles de nuevo la vista anterior.
En cuanto despierten, todas estas burlas
serán como un sueño o ilusión absurda.
Volverán a Atenas todos los amantes
y ya de por vida en unión constante.
Mientras de este asunto tú ahora te encargas,
el niño robado yo pido a Titania:
del ojo hechizado que la ata al monstruo
voy a liberarla, y paz será todo.

ROBÍN

Señor de las Hadas, hay que hacerlo presto:
el dragón de la noche ya parte el cielo [30]
y veo que despunta el heraldo de Aurora,
cuando en legión los espíritus retornan
a los cementerios. Almas condenadas
que yacen en ríos y en encrucijadas
han salido hacia su lecho de gusanos:
por miedo a que el día mire sus pecados
ellos mismos de la luz siempre se exilian
y buscan asilo en la noche sombría.

---

[30]   Según esta imagen, la noche cruza el cielo en un carro tirado por un dragón o dragones.

OBERÓN

Espíritus somos de distinto orden:
yo a la diosa del día le he hecho la corte
y, cual guardabosque, voy por la floresta
hasta que el portal del Oriente despierta
rojo en el océano y, con luz radiante,
en oro convierte los verdosos mares.
Pero tú no te retrases, date prisa,
que podemos hacer esto antes del día.

[*Sale*.]

ROBÍN

Para acá, y para allá,
los llevaré allá y acá:
yo asusto en campo y ciudad;
llévalos, duende, acá y allá.
Aquí viene uno.

Entra LISANDRO.

LISANDRO

¿Dónde estás, bravo Demetrio? ¡Habla ya!

ROBÍN

Aquí, infame, con mi espada. ¿Dónde estás?

LISANDRO

Me desquitaré.

ROBÍN

Ven conmigo entonces
a un terreno llano.

[*Sale* LISANDRO.]
Entra DEMETRIO.

DEMETRIO

¡Lisandro, responde!

¡Fugitivo, cobarde! ¿Te has escapado?
¡Habla! ¿En dónde te ocultas? ¿Tras un árbol?

ROBÍN

¡Cobarde! ¿Te ufanas ante las estrellas?
¿Le dices al bosque que quieres pelea
pero huyes de mí? ¡Ven, gallina, niño!
Te daré de azotes. Su honra ha perdido
quien te saque la espada.

DEMETRIO

                                    ¿Estás ahí?

ROBÍN

Tú sigue mi voz. No luchemos aquí.

            Salen.
            [*Entra* LISANDRO.]

LISANDRO

Se me adelanta y me sigue retando.
Cuando llego al sitio, él ya se ha marchado.
El ruin tiene el pie más veloz que el mío:
le sigo de prisa, pero él ya ha huido
dejándome en senda áspera y sombría.
Voy a descansar. — Ven ya, gentil día,
pues, en cuanto asome tu luz cenicienta,
hallaré a Demetrio y vengaré su ofensa.

            Se acuesta y [*duerme.*]
            Entran ROBÍN *y* DEMETRIO.

ROBÍN

¡Jo, jo, jo! ¡Cobarde! ¿Es que no me ves?

DEMETRIO

Si te atreves, hazme frente, pues sé bien
que huyes de mí, y de sitio cambias,
cedes y no osas mirarme a la cara.
¿Dónde estás ahora?

ROBÍN

Aquí estoy, ven ya.

DEMETRIO

Así que te burlas. Lo vas a pagar
si te veo la cara cuando venga el día.
Ahora déjame: el cansancio me obliga
a tender mi cuerpo en la fría tierra.
A la luz del sol haz que no te pierda.

[*Se acuesta y duerme.*]
Entra HELENA.

HELENA

¡Ah, noche sin fin, noche de fatigas!
Acórtate, y luzca el gozo de Oriente,
que yo vuelva a Atenas sin la compañía
de quienes mi humilde persona aborrecen.
Y el sueño, que a veces duerme nuestras penas,
de mí misma un rato liberarme quiera.

[*Se acuesta y*] *duerme.*

ROBÍN

¿Sólo tres? ¡Que alguien más venga!
Cuatro hacen dos parejas.
Viene otra y con enfado:
es Cupido mal muchacho
si las irrita en tal grado.

Entra HERMIA.

HERMIA

Nunca me he cansado, ni he sufrido así;
de rocío cubierta, la ropa arañada.
No puedo arrastrarme, no puedo seguir.
Mis piernas no hacen lo que se les manda.

Voy a descansar hasta que amanezca.
¡El cielo asista a Lisandro en la pelea!

[*Se acuesta y duerme.*]

ROBÍN
Sobre el suelo
duerme quieto.
A tus ojos
proporciono,
dulce amante, curación.

[*Aplica el jugo a los ojos de* LISANDRO.]

Gozarás
al despertar
cuando veas
que está cerca
la que siempre fue tu amor.
Y el conocido proverbio
«Da lo suyo a cada dueño»
lo comprobarás despierto:
Cada Juana con su Juan,
y nada irá mal.
Volverá la yegua al amo, y todos en paz.

[*Sale.*] *Los amantes quedan en escena, dormidos.*

IV.i   *Entra* [TITANIA], *reina de las hadas, con* FONDÓN *y las
hadas, y* OBERÓN *por detrás.*

TITANIA
Ven, sobre este lecho de flores reposa,
mientras te acaricio las tiernas mejillas,

te cubro la lisa cabeza de rosas
y beso tus grandes orejas, tan lindas.

FONDÓN

¿Dónde está Flordeguisante?

FLORDEGUISANTE

Presente.

FONDÓN

Rascadme la cabeza, Flordeguisante. ¿Dónde está Madame
Telaraña?

TELARAÑA

Presente.

FONDÓN

Madame Telaraña, mi buena madame, empuñad las armas y
matadme un abejorro de patas rojas sobre lo alto de un
cardo. ¡Ah, madame! Y traedme su bolsa de miel. No os
molestéis demasiado al hacerlo; aunque, mi buena madame,
cuidad de que la bolsa no reviente. No me agradaría veros
toda empapada de miel, madame. ¿Dónde está Madame
Mostaza?

MOSTAZA

Presente.

FONDÓN

Venga esa mano, Madame Mostaza. Sin reverencias, madame, os lo ruego.

MOSTAZA

¿Qué deseáis?

FONDÓN

Nada, mi buena madame: que ayudéis a Doña Flordeguisa-
sante a rascarme. Tendré que ir al barbero, madame; creo
que tengo la cara muy peluda. Soy un burro tan delicado
que si me hace cosquillas el pelo, tengo que rascarme.

TITANIA

Mi dulce amor, ¿quieres oír música?

FONDÓN

Para la música tengo bastante buen oído. ¡Que traigan el
cencerro y la carraca!

TITANIA

O di, mi amor, qué manjar deseas comer.

FONDÓN

Pues un buen montón de forraje. Podría masticar avena
seca. La verdad es que me apetece un buen haz de alfalfa.
Buena alfalfa, rica alfalfa; no tiene igual.

TITANIA

Tengo un hada muy audaz que va a traerte
de las nueces frescas que guarda la ardilla.

FONDÓN

Prefiero uno o dos puñados de guisantes secos. Pero, os lo
ruego, que ninguna de vosotras me moleste. Me ha entrado
un deseo *insociable* de dormir.

TITANIA

Pues duerme, y con mis brazos voy a rodearte.
Hadas, partid, y marchad por todos lados.

[*Salen las hadas.*]

Así es como la dulce madreselva se abraza
suave a la enredadera; así la hiedra
se enrosca en los ásperos dedos de los olmos.
¡Ah, cuánto te amo! ¡Cómo te idolatro!

[*Se duermen.*]
Entra ROBÍN.

OBERÓN [*adelantándose*]

Bienvenido, Robín. ¿Ves el espectáculo?
Su enamoramiento empieza a darme lástima.
Cuando hace poco la vi tras la arboleda
buscando flores para este horrible idiota,
la reprendí y reñimos, pues le había
coronado esas sienes tan peludas
de guirnalda fresca y olorosa,

y el rocío que destella en los renuevos
como perlas redondas y radiantes
se alojaba en los lindos ojos de las flores
cual lágrimas que lloran su vergüenza.
Cuando la hube regañado a mi placer
y ella mansamente me rogó indulgencia,
le pedí el niño robado; me lo dio
al instante y mandó que su hada lo llevase
a mi floresta, en el País de las Hadas.
Ahora que por fin tengo al niño, voy
a deshacer el maleficio de sus ojos.
Y, buen Robín, al rústico ateniense
quítale la cabeza que le has puesto,
de modo que, cuando despierte con los otros,
puedan todos regresar a Atenas
creyendo que los incidentes de esta noche
sólo fueron turbaciones de un mal sueño.
Pero antes voy a liberar al Hada Reina.

[*Aplica una hierba a los ojos de* TITANIA.]

La que has sido vuelve a ser;
como has visto vuelve a ver.
La flor de Diana es fuerte
y a la de Cupido vence.
¡Y ahora despierta, Titania, mi reina!

TITANIA

¡Ah, mi Oberón, he vivido una quimera!
Soñé que estaba enamorada de un asno.

OBERÓN

Ahí está tu amor.

TITANIA

¡Ah! ¿Qué habrá pasado?
Ahora me horroriza su semblante.

OBERÓN

Silencio. Robín, quita esa cabeza.

Titania, suene una música que envuelva
a estos cinco en el sueño más profundo [31].

TITANIA

¡Música, una música que hechice el sueño!

ROBÍN

Al despertar, mira con tus ojos necios [32].

OBERÓN

¡Música ya! — Mi reina, tu mano, y mece
este suelo en que reposan los durmientes.
Con nuestro amor ya renovado, mañana
tú y yo bailaremos en solemne danza
en las bodas de Teseo, a medianoche,
por llenarlas de perpetuas bendiciones.
Y estas dos parejas, junto con Teseo,
se desposarán con grande festejo.

ROBÍN

Rey Oberón, presta oídos:
es la alondra con sus trinos.

OBERÓN

Sigamos, pues, de las sombras
la salida silenciosa.
Antes que la luna pueda,
circundaremos la Tierra.

TITANIA

Ven, esposo, y en el aire
dime por qué entre mortales
fui encontrada durmiendo
esta noche sobre el suelo.

> *Salen* [TITANIA, OBERÓN y ROBÍN].
> *Suenan trompas. Entran* TESEO *y su séquito*, HI-
> PÓLITA *y* EGEO.

---

[31] Los cinco son Fondón y las dos parejas de amantes.
[32] Dirigido a Fondón mientras cumple la orden de Oberón de «quitarle»
o hacerle desaparecer su cabeza de asno.

TESEO

  ¡Que vaya uno a buscar al guardabosque!
  Tras haber cumplido con las fiestas[33]
  y, como el día ha iniciado ya su avance,
  mi amor ha de oír la música de mis perros.
  ¡Soltadlos en el valle del oeste! ¡Desatadlos!
  ¡Daos prisa, y buscad al guardabosque!

        [Sale un sirviente.]

  Mi bella reina, subiremos a lo alto del monte
  a escuchar la agitada melodía
  de los perros y su eco entremezclados.

HIPÓLITA

  Estuve una vez con Hércules y Cadmo,
  que cazaban osos con perros de Esparta
  en un bosque de Creta. Jamás había oído
  ladridos tan bravos, pues, con la arboleda,
  el cielo, las fuentes y todo el lugar
  parecían una jauría. No había oído nunca
  tan grata disonancia, estruendo tan dulce.

TESEO

  Mis perros son todos de raza espartana:
  leonados, de labio carnoso y orejas colgantes
  que barren el rocío; patizambos
  y papudos como toros de Tesalia;
  en la caza lentos, mas armónicos ladrando,
  cual campanas. Jauría tan melodiosa
  no fue nunca jaleada, ni recibida con trompas
  en Creta, Esparta o Tesalia. Tú misma
  podrás juzgarlo. Pero, alto. ¿Qué ninfas son estas?

EGEO

  Señor, la que aquí duerme es mi hija,
  y este es Lisandro; este, Demetrio;

---

[33] Las de mayo, como especificará unos treinta versos más adelante.
Véase al respecto Introducción, págs. 16-17.

esta, Helena, la hija de Nédar.
Me asombra verlos aquí a todos juntos.

TESEO

Seguramente madrugaron por cumplir
con las fiestas de mayo y, sabiendo mi intención,
acudieron para honrar la ceremonia.
Pero dime, Egeo. ¿No es hoy el día
en que Hermia ha de decir a quién prefiere?

EGEO

Sí, mi señor.

TESEO

¡Mandad que los despierten con las trompas!

> [*Sale un sirviente.*]
> *Una voz dentro. Suenan las trompas. Se sobre-*
> *saltan todos* [*los amantes*].

Buenos días, amigos. San Valentín ya pasó.
¿Se emparejan ahora estas aves del bosque?[34].

> [*Los amantes se arrodillan.*]

LISANDRO

Perdónanos, mi señor.

TESEO

Levantaos todos, os lo ruego.
Sé que vosotros dos sois enemigos.
¿De dónde viene al mundo esta concordia,
que el odio queda libre de recelos
y duerme con el odio sin temer hostilidad?

---

[34] Se creía que las aves escogían pareja en el día de San Valentín (14 de febrero). Seguramente Teseo alude también a las tradiciones de esta fiesta, en que la mujer tomaba por pareja al primer hombre que veía y tenía la oportunidad de tomar la iniciativa sexual (en *Hamlet,* IV.v, una de las canciones de Ofelia sugiere más explícitamente estos usos).

LISANDRO

    Señor, responderé aturdido,
    medio en sueños, medio en vela, mas te juro
    que no sé de verdad cómo estoy aquí.
    Me parece (no quiero faltar a la verdad)
    que, tal como recuerdo... Sí, eso es:
    yo vine aquí con Hermia. Pensábamos
    salir de Atenas, ir donde pudiéramos,
    fuera del alcance de las leyes...

EGEO

    ¡Basta, basta! — Señor, habéis oído bastante.
    ¡Exijo la ley, la ley sobre su cabeza!
    Se habrían escapado. Sí, Demetrio:
    te habrían engañado a ti y a mí;
    a ti, burlándote la esposa; a mí el permiso,
    mi consentimiento para que sea tu esposa.

DEMETRIO

    Mi señor, Helena me habló de su fuga,
    de su intención de venir a este bosque,
    y yo, en mi furia, los seguí hasta aquí,
    y a mí por amor me siguió la hermosa Helena.
    Mas, señor, ignoro por qué poder
    (pues algún poder ha sido) mi amor a Hermia,
    derretido como nieve, me parece ahora
    el recuerdo de algún vano juguete
    que me hubiera fascinado en la niñez.
    Toda la devoción y la fuerza de mi pecho,
    el centro y la dicha de mis ojos
    es sólo Helena. A ella, mi señor,
    yo estaba prometido antes de ver a Hermia,
    pero, como un enfermo, aborrecí este manjar.
    Ya repuesto, el gusto he recobrado
    y ahora la deseo, la ansío, la amo
    y voy a serle fiel eternamente.

TESEO

    Queridos amantes, el encuentro es afortunado.

Después continuaréis con vuestra historia.
Egeo, tengo que impedir tu voluntad,
pues muy pronto, en el templo, ambas parejas
se unirán conjuntamente con nosotros.
Como ya la mañana está avanzada,
nuestra caza debe suspenderse.
Volvamos a Atenas. Tres parejas son;
gozaremos de una gran celebración.
Vamos, Hipólita.

> *Salen* TESEO, [HIPÓLITA, EGEO] *y acompaña-*
> *miento.*

DEMETRIO
Todo parece menudo y borroso,
cual lejanas montañas que semejan nubes.

HERMIA
Y yo todo lo veo desenfocado,
cuando todo nos parece doble.

HELENA
Yo también. Y Demetrio es como una joya
que he encontrado: es mío y no lo es.

DEMETRIO
¿Estáis seguros de que estamos despiertos?
Para mí es como si estuviéramos durmiendo,
y soñando. ¿Creéis que el duque ha estado aquí
y nos ha mandado seguirle?

HERMIA
Sí, y también mi padre.

HELENA
Y también Hipólita.

LISANDRO
Nos ha dicho que le sigamos al templo.

DEMETRIO
Entonces estamos despiertos. Sigámosle
y de camino contémosle la historia.

Salen los amantes.
FONDÓN *se despierta.*

FONDÓN

Cuando me toque, avisadme, que declamaré. Lo que sigue
es «Bellísimo Píramo». [*Bostezando*] ¡Aaah! — ¿Y Membrillo? ¿Y Flauta el remiendafuelles? ¿Y Morros el calderero? ¿Y Hambrón? ¡Dios me asista! ¡Se escabullen dejándome aquí! — He tenido una visión asombrosa. He tenido
un sueño, y no hay ingenio humano que diga qué sueño.
Quedará como un burro quien pretenda explicarlo. Soñé
que era... No hay quien lo cuente. Soñé que era... que tenía... Quedará como un payaso quien se proponga decir lo
que soñé. No hay ojo que oyera, ni oído que viera, ni mano
que palpe, ni lengua que entienda, ni alma que relate el
sueño que he tenido. De este sueño haré que Membrillo es-
criba una balada. Se llamará «El sueño de Fondón», porque
no tiene fondo. Y yo la cantaré ante el duque, al final de la
obra. O tal vez, para que quede más bonita, la cantaré
cuando muera Tisbe.

Sale.

IV.ii   *Entran* MEMBRILLO, FLAUTA, MORROS y HAMBRÓN.

MEMBRILLO

¿Habéis preguntado en casa de Fondón? ¿Ha vuelto ya?
HAMBRÓN

No hay rastro de él. Está transportado.
FLAUTA

Si no aparece, adiós comedia. No se podrá hacer, ¿verdad?
MEMBRILLO

Será imposible. Si no es él, no hay otro en Atenas que sepa
hacer de Píramo.

FLAUTA

No: él es el más listo de todos los artesanos de Atenas.

MEMBRILLO

Sí, y el que tiene más presencia. Y para voz dulce, no tiene *parragón*.

FLAUTA

Se dice «parangón». El parragón (¡Dios te valga!) es el chisme del platero.

Entra AJUSTE, *el ebanista.*

AJUSTE

Amigos, el duque ha salido del templo, y se han casado otros dos o tres caballeros y damas. Si se hubiera celebrado la función, nos poníamos las botas.

FLAUTA

¡Ah, mi gran Fondón! Pierde un retiro de seis centavos diarios de por vida: seguro que salía a seis centavos diarios. El duque le habría asignado los seis centavos por hacer de Píramo o, si no, que me zurzan. Los habría merecido: seis centavos al día por hacer de Píramo, o nada.

Entra FONDÓN.

FONDÓN

¿Dónde están los mozos? ¿Dónde estáis, compadres?

MEMBRILLO

¡Fondón! ¡Ah, mayúsculo día! ¡Feliz momento!

FONDÓN

Amigos, hablaré de maravillas. Pero no me preguntéis cuáles, que, si os las cuento, dejo de ser ateniense. Os lo contaré todo tal como ocurrió.

MEMBRILLO

Vamos, habla, buen Fondón.

FONDÓN

Yo, ni palabra. Lo único que os diré es que el duque ya ha comido. Preparad los vestidos, buen cordón para las barbas,

cintas nuevas para el calzado, reuníos en el palacio y que
cada cual repase su papel, porque, en dos palabras, nuestra
obra está aceptada[35]. Por lo que pueda pasar, que Tisbe lleve
la ropa limpia y el que haga de león no se corte las uñas,
pues tienen que asomar bien para ser garras. Y, mis queri-
dos actores, no comáis cebollas ni ajos, pues tenemos que
echar buen aliento, y así dirán que es una buena comedia.
No más palabras. ¡Vamos, en marcha!

Salen.

V.i   *Entran* TESEO, HIPÓLITA, FILÓSTRATO, *nobles* [*y acom-
      pañamiento*].

HIPÓLITA
   La historia de estos amantes, Teseo, es asombrosa.
TESEO
   Más asombrosa que cierta. Yo nunca he creído
   en historias de hadas ni en cuentos quiméricos.
   Amantes y locos tienen mente tan febril
   y fantasía tan creadora que conciben
   mucho más de lo que entiende la razón.
   El lunático, el amante y el poeta
   están hechos por entero de imaginación.
   El loco ve más diablos de los que llenan
   el infierno. El amante, igual de alienado,
   ve la belleza de Helena en la cara de una zíngara.
   El ojo del poeta, en divino frenesí,
   mira del cielo a la tierra, de la tierra al cielo
   y, mientras su imaginación va dando cuerpo
   a objetos desconocidos, su pluma

---

[35]   Sin embargo, y como se verá en la próxima escena, la obra sólo está
aceptada como finalista, ya que Teseo la elegirá entre otras posibles.

los convierte en formas y da a la nada impalpable
un nombre y un espacio de existencia.
La viva imaginación actúa de tal suerte
que, si llega a concebir alguna dicha,
cree en un inspirador para esa dicha;
o, de noche, si imagina algo espantoso,
es fácil que tome arbusto por oso.

HIPÓLITA

Mas los sucesos de la noche así contados
y sus almas a la vez transfiguradas
atestiguan algo más que fantasías
y componen un todo consistente,
por extraño y asombroso que parezca.

> *Entran los amantes:* LISANDRO, DEMETRIO,
> HERMIA y HELENA.

TESEO

Aquí vienen los amantes, llenos de júbilo.
¡Que la dicha, amigos míos, y el amor perdurable
estén siempre en vuestro corazón!

LISANDRO

¡Y a ti te aguarde más dicha
en tus augustos paseos, mesa y lecho!

TESEO

Y ahora, ¿qué mascaradas o danzas
distraerán las tres horas eternas
que separan el cenar del acostarse?
¿Dónde está nuestro maestro de festejos?
¿Qué fiestas se han preparado? ¿No hay comedia
que alivie la agonía de una hora interminable?
Llamad a Filóstrato.

FILÓSTRATO

Aquí estoy, gran Teseo.

TESEO

¿Qué pasatiempo le reservas a la noche?

¿Qué mascarada, qué música? ¿Qué entretenimiento
burlará las lentas horas?

FILÓSTRATO

Aquí está el repertorio de espectáculos.
Elige, mi señor, el que prefieras.

TESEO

«La batalla con los centauros, cantada
al arpa por un eunuco de Atenas».
No, esto no. Ya se lo conté a mi amada
para honrar a mi pariente Hércules. —
«La orgía de las bacantes, que, en su rapto
y ebriedad, desgarraron al cantor de Tracia».
Esta pieza es vieja: se representó
a mi triunfante regreso de Tebas. —
«Las nueve musas llorando la muerte
del Saber, que acaba de morir en la pobreza».
Esta es una sátira mordaz y acusadora,
impropia para una ceremonia nupcial. —
«La pesada y breve obra del joven Píramo
y su amada Tisbe; comedia muy trágica».
¿Comedia trágica? ¿Pesada y breve?
Es como hielo caliente o nieve cálida.
¿Cómo puede concordar esta discordia?

FILÓSTRATO

Señor, la obra tiene unas diez palabras,
lo más breve que yo he visto en una obra.
Pero esas diez palabras, mi señor, están de más,
y por eso es pesada, pues en toda esta obra
no hay palabra a derechas ni actor capaz.
Trágica sí que lo es, mi señor,
porque en ella Píramo se mata.
Confieso que durante un ensayo
me hicieron llorar; un llanto tan cómico
como nunca arrancaron las risas.

TESEO

¿Quiénes son los actores?

FILÓSTRATO

Laborantes atenienses de manos callosas
que nunca han trabajado con la mente,
mas que ahora fatigan su inexperta memoria
y ofrecen en tus nupcias esta pieza.

TESEO

Y yo quiero oírla.

FILÓSTRATO

No, mi señor, eso no es para ti.
Yo la he oído entera y no tiene
ningún interés, te digo que ninguno,
a no ser que te diviertan sus desvelos
por servirte: sus esfuerzos de memoria,
ímprobos y crueles.

TESEO

Quiero oír la obra,
pues no hay nada que sea incorrecto
si lo ofrecen la lealtad y la buena fe.
Hacedlos pasar. Señoras, tomad asiento.

[*Sale* FILÓSTRATO.]

HIPÓLITA

No quiero ver agobiada a la humildad,
ni que sufra la lealtad por dar servicio.

TESEO

No verás nada de eso, amada mía.

HIPÓLITA

Ha dicho que no valen para hacerlo.

TESEO

Más bondad mostraremos dando las gracias por nada.
Nos distraerá tomar a bien lo que hacen mal
y, si fracasa la humilde lealtad, lo generoso
es valorar el esfuerzo, no el efecto.
Dondequiera que he ido, grandes sabios
me acogían con discursos preparados:

los he visto temblar, palidecer,
detenerse en medio de sus frases,
ahogar de miedo sus palabras ensayadas,
para, al final, quedar sin habla
y no darme la bienvenida. Créeme, mi amor:
escuché su bienvenida en su silencio
y su muestra temblorosa de lealtad
me decía tanto como la fluida palabra
de la elocuencia impertinente y atrevida.
El amor y la callada sencillez
si hablan menos dicen más, a mi entender.

[*Entra* FILÓSTRATO.]

FILÓSTRATO
    Con la venia, el faraute ya está a punto.
TESEO
    Hazle pasar.

[*Toque de clarines.*]
Entra [MEMBRILLO *caracterizado de*] FARAUTE.

MEMBRILLO/FARAUTE
    «Si ofendemos, es nuestra finalidad.
    Que creáis que no queremos agraviaros
    sino por bien. Mostrar nuestra habilidad:
    ese es el único fin de nuestro ánimo.
    Por tanto, venimos, pero no venimos.
    Porque queremos adrede vuestra ofensa
    vamos a actuar. Por dar regocijo
    no estamos aquí. Para daros pena
    ya están los actores, y con su papel
    muy pronto sabréis lo que hay que saber[36]».

---

[36]   Como comentan a continuación Teseo, Lisandro e Hipólita, Membrillo
lee sus versos equivocándose continuamente en las pausas y, en consecuen-

TESEO
Este pierde muchos puntos.

LISANDRO
Cabalga en su prólogo como si fuera un potro salvaje: no
sabe pararse. Mi señor, la moraleja es que no basta con hablar: hay que hablar a derechas.

HIPÓLITA
Cierto. Ha tocado su prólogo como un niño su flauta: aunque la hace sonar, no la domina.

TESEO
Sus palabras parecían una cadena enredada: toda entera,
pero en desorden. ¿Quién sigue ahora?

> *Entran* [FONDÓN *caracterizado de*] PÍRAMO,
> [FLAUTA *de*] TISBE, [MORROS *de*] MURO,
> [HAMBRÓN *de*] LUZ DE LUNA *y* [AJUSTE *de*]
> LEÓN.

MEMBRILLO/FARAUTE
«Señores, si os preguntáis qué va a ocurrir,
a la luz ha de sacarlo la verdad.
Píramo es el hombre que tenéis aquí
y esta bella dama su Tisbe será.
Y aquí, el de la argamasa, hará de Muro,
de cruel Muro que separa a los amantes,
pues los pobres han de hablarse con apuros
por un agujero; que a nadie le extrañe.
Y aquí, el de la lámpara, perro y espino [37],

---

cia, dándole un sentido contrario a sus palabras. Puesto en prosa y con los
puntos en su sitio, el texto se leería así: «Si ofendemos, es nuestra finalidad
que creáis que no queremos agraviaros, sino por bien mostrar nuestra habili-
dad: ese es el único fin de nuestro ánimo. Por tanto, venimos, pero no venimos porque queremos adrede vuestra ofensa. Vamos a actuar por dar regocijo. No estamos aquí para daros pena. Ya están los actores, y con su papel
muy pronto sabréis lo que hay que saber».
[37]   Véase al respecto nota 21 (pág. 91).

serthe will be Luz de Luna, pues Píramo y Tisbe
bajo luz de luna, en la tumba de Nino,
penando de amores deciden reunirse.
Y aquí este León, bestia aterradora[38],
cuando la fiel Tisbe se acerca a la tumba,
la asusta de muerte, y la pone en fuga,
tanto que en la huida se le cae el manto,
que mancha el León con fauces sangrientas.
Pronto llega Píramo, el joven galano,
y el manto de Tisbe desgarrado encuentra.
Entonces su puño empuña el puñal
y, pronto de espíritu, espeta su pecho;
y Tisbe, que espera tras un matorral,
le quita el acero y se mata. El resto,
León, Luz de Luna, Muro y los amantes
van a presentarlo sin que nada falte».

Salen todos menos MORROS [y FONDÓN].

TESEO

¿Hablará el león?

DEMETRIO

No sería raro, señor: si habla tanto asno, bien puede hablar
él.

MORROS/MURO

«Aquí, en esta obra, acontecerá
que yo, Morros, un muro voy a encarnar.
Imaginad que este muro que os sugiero
tiene una abertura, una grieta, un hueco
por el cual nuestros amantes Tisbe y Píramo
a veces musitan con grande sigilo.

---

[38]   En el original parece faltar un verso que rime con este, aunque el sentido está claro y no requiere más palabras. No es este el único caso de irregularidad en las rimas, que he mantenido en la traducción (esta irregularidad no es incongruente con los torpes versos de los artesanos).

Revoque, argamasa y piedra confirman
que yo soy el muro; eso está a la vista.
Y aquí veis el hueco, derecha e izquierda [39];
por él los medrosos amantes conversan».

TESEO

¿Puede hablar mejor la argamasa?

DEMETRIO

Señor, es el tabique más lúcido que he oído.

TESEO

Píramo se acerca al muro. ¡Silencio!

FONDÓN/PÍRAMO

«¡Oh, noche enlutada! ¡Oh, noche severa!
¡Noche que eres siempre cuando no es de día!
¡Qué noche, qué noche de dolor y pena!
¡Temo que mi Tisbe su promesa olvida!
Y tú, ¡oh, mi muro! ¡Oh, muro querido!
¡Separas mi tierra de la de mi Tisbe!
Tú, muro, ¡mi muro! ¡Oh, muro querido!
¡Muéstrame la grieta por la que yo mire!

[MORROS *hace una uve con los dedos.*]

Gracias, gentil muro. ¡Júpiter te guarde!
Mas, ¿qué es lo que veo? A Tisbe no hallo.
¡Oh, malvado muro! Feliz no me haces.
¡Malditas tus piedras, pues me han engañado!».

TESEO

El muro, como es sensible, debería replicar.

FONDÓN

La verdad es que no, señor. «Me han engañado» es el pie para
Tisbe. Ella entra ahora y yo tengo que verla por el agujero.
Veréis que sucede tal como os lo he contado. Aquí viene.

---

[39] El hueco de la uve que forman sus dedos índice y medio. Véase también nota 22 (pág. 91).

Entra [FLAUTA/]TISBE.

FLAUTA/TISBE

«¡Oh, tú, muro! Bien has oído mis quejas,
pues a mi Píramo de mí has separado.
Mis labios de guinda han besado tus piedras,
piedras que se mezclan con pelo y con barro [40]».

FONDÓN/PÍRAMO

«Veo una voz. Ahora voy al agujero
para oírle, si puedo, a Tisbe la cara.
¡Tisbe!»

FLAUTA/TISBE

«¡Mi amor! Pues eres mi amor. ¿No es cierto?».

FONDÓN/PÍRAMO

«Piensa lo que quieras: soy tu amor del alma
y, como Limandro, fiel te seré siempre».

FLAUTA/TISBE

«Y yo, como Helena, fiel hasta la muerte».

FONDÓN/PÍRAMO

«Céfalo a su Procris nunca fue tan fiel».

FLAUTA/TISBE

«Cual Céfalo a Procris, yo fiel te seré».

FONDÓN/PÍRAMO

«¡Por el hueco del vil muro dame un beso!».

FLAUTA/TISBE

«No beso tus labios, sino sólo el hueco».

FONDÓN/PÍRAMO

«¿Puedes verme pronto en la tumba de Nino?».

FLAUTA/TISBE

«Esté viva o muerta, voy allá ahora mismo».

[*Salen* FONDÓN y FLAUTA.]

---

[40]   Los materiales que podían componer la argamasa.

MORROS/MURO
«Así es como Muro su papel termina
y, ya terminado, Muro se retira».

Sale.

TESEO
Cayó el muro que separaba a los vecinos.
DEMETRIO
Tenía que suceder, señor: las paredes se empeñan en oír sin
dar aviso.
HIPÓLITA
Esto es lo más tonto que he oído en mi vida.
TESEO
Los mejores actores no son más que sombras, y los peores
no son tan malos si se ayudan de la imaginación.
HIPÓLITA
Será tu imaginación, y no la suya.
TESEO
Si no los imaginamos peor que ellos a sí mismos, pasarán
por excelentes. Aquí vienen dos nobles bestias: un hombre
y un león.

Entran [AJUSTE/]LEÓN *y* [HAMBRÓN/]LUZ DE
LUNA.

AJUSTE/LEÓN
«Gentiles damas, si vuestro pecho teme
al menudo ratoncito que se arrastra,
quizá aquí y ahora se estremezca y tiemble
cuando oigáis rugir a León en su rabia.
Pues sabed que yo, Ajuste el ebanista,
soy un cruel león, y no una leoncita,
y si yo entro ahora feroz y violento
en este lugar, vivir no merezco».
TESEO
Una bestia plácida y de buena conciencia.

DEMETRIO

Señor, el más bestia que he visto en mi vida.

LISANDRO

Este león tiene el valor de un zorro.

TESEO

Cierto, y la prudencia de un ganso.

DEMETRIO

No, mi señor, pues su valor no le gana a su prudencia, y el
zorro sí le gana al ganso.

TESEO

Su prudencia no le gana a su valor, de eso estoy seguro,
pues el ganso no le gana al zorro. Ya basta. Que decida su
prudencia, y oigamos a la luna.

HAMBRÓN/LUZ DE LUNA

       «Esta lámpara es la luna con sus cuernos».

DEMETRIO

Debería llevar los cuernos en la cabeza.

TESEO

No está muy creciente [41], y los cuernos no se ven en el círculo.

HAMBRÓN/LUZ DE LUNA

       «Esta lámpara es la luna con sus cuernos,
       y el que esto recita encarna a la luna».

TESEO

Ese es el mayor error de todos: él debía estar metido en la
lámpara. Si no, ¿cómo puede ser la luna?

DEMETRIO

No se atreve a meterse por el fuego: está que arde.

HIPÓLITA

Estoy cansada de esta luna. ¡Ojalá cambiara!

TESEO

A juzgar por sus pocas luces, parece que está en menguante.
Mientras, por cortesía y buen juicio debemos esperar.

---

[41]   Como su nombre indica, Hambrón es flaco.

LISANDRO
    Continúa, Luna.
HAMBRÓN/LUZ DE LUNA
    Yo sólo os digo que quiero deciros que esta lámpara es la
    luz de la luna, que yo soy la luna, que este espino es mi es-
    pino, y este perro, mi perro.
DEMETRIO
    Pues todos debían estar dentro de la lámpara, que en la luna
    están todos. Mas silencio; aquí viene Tisbe.

                Entra [FLAUTA/]TISBE.

FLAUTA/TISBE
    «Esta es la tumba de Nino. ¿Y mi amado?».

                Ruge [AJUSTE/]LEÓN.

AJUSTE/LEÓN
    «¡Grrr!»

                Huye [FLAUTA/]TISBE [*y se le cae el manto*].

DEMETRIO
    ¡Así se ruge, León!
TESEO
    ¡Así se corre, Tisbe!
HIPÓLITA
    ¡Así se brilla, Luna! En verdad, la luna brilla con garbo.

                [LEÓN *ataca el manto.*]

TESEO
    ¡Buen zamarreo, León!

                Entra [FONDÓN/]PÍRAMO.

DEMETRIO

En esto llega Píramo.

[*Sale* LEÓN.]

LISANDRO

Y al fin se va el león.

FONDÓN/PÍRAMO

«Gracias, mi luna, por tus rayos de sol;
gracias, gentil luna, por tanto brillar,
pues con tu perfecto y febeo fulgor
a mi fiel amada confío en divisar.
¡Aguarda! ¡Ah, tormento!
Pobre caballero,
¡mira qué terrible escena!
Ojos, ¿lo veis bien?
¿Cómo puede ser?
¡Ah, mi paloma, mi prenda!
Tu óptimo manto,
¿de sangre manchado?
¡Venid a mí, Furias crueles!
¡Venid, venid, Parcas!
¡Cortad hilo y trama!
¡Venced, aplastad, dad muerte!».

TESEO

Este lamento y la muerte de un amigo querido son como
para ponerle a uno triste.

HIPÓLITA

Pues por mi alma, que a mí me da pena.

FONDÓN/PÍRAMO

«¿Por qué creaste al león, naturaleza,
a este vil león que desfloró a mi amada,
que es —no, no, que fue— la flor más bella
que amó, vivió, gozó y rió alborozada?
¡Ven, llanto, devasta!
Y tú ven, espada,

a herir el pecho de Píramo:
la tetilla izquierda,
donde el alma alienta.
Así muero, así expiro.
Muerto estoy ahora;
mi ser me abandona:
mi alma ha subido al cielo.
Lengua, pierde vista;
Luna, haz tu huida.

[*Sale* HAMBRÓN.]

La muerte me he dado y muero».
DEMETRIO
Con ese «dado» este ha salido un as.
LISANDRO
Un as, no, hombre, que muerto no es nada.
TESEO
Con la ayuda del médico podría mejorar y ser un asno.
HIPÓLITA
¿Cómo es que se ha ido Luz de Luna antes que vuelva Tisbe
para hallar a su amado?
TESEO
Le hallará con la luz de las estrellas.

Entra [FLAUTA/]TISBE.

Aquí viene, y con su lamento acaba la obra.
HIPÓLITA
No creo que deba hacerlo muy largo con un Píramo así. Es-
pero que sea breve.
DEMETRIO
Una mota inclinará la balanza sobre si es mejor Píramo o
Tisbe: él de hombre (¡Dios nos valga!) o ella de mujer
(¡Dios nos bendiga!).

LISANDRO

Ya le ha encontrado con sus dulces ojos.

DEMETRIO

Y se lamenta como sigue...

FLAUTA/TISBE

«¿Durmiendo, mi amor?
¡Ah! ¿Muerto, mi sol?
¡Oh, ponte en pie, dulce Píramo!
¡Habla, habla! ¿Mudo?
¿Muerto? Un sepulcro
cubrirá tus ojos lindos.
Tu boca de nardo,
tu nariz de guinda
y tu faz de crisantemo
te han dejado ya.
Amantes, llorad
sus ojos de verde puerro.
Que las Tres Hermanas [42]
vengan preparadas
con manos de blanca leche.
Bañadlas en sangre,
puesto que cortasteis
su hilo de seda tenue.
No hables, mi lengua.
La espada me hiera
y me empape el corazón.
Adiós, mis amigos,
que Tisbe ha caído.
Adiós, pues, adiós, adiós».

TESEO

Los vivos, Luz de Luna y León, enterrarán a los muertos.

DEMETRIO

Sí, y Muro también.

---

[42]   Las Parcas, a las que antes invocó Fondón/Píramo.

[*Se levantan* FONDÓN *y* FLAUTA.]

FONDÓN

La verdad es que no, pues cayó el muro que separaba a los
padres. ¿Queréis ver el epílogo u oír bailar una bergamasca
a dos de los nuestros?

TESEO

No haya epílogo, os lo ruego, pues la obra no requiere ex-
cusa. No os excuséis, que, si mueren los actores, no hay por
qué acusarlos. Vaya, si el que la escribió hubiera hecho de
Píramo y se hubiera ahorcado con la liga de Tisbe, habría
sido una hermosa tragedia. Y a decir verdad, lo es, y muy
bien representada. En fin, venga vuestra bergamasca y dejad en paz el epílogo.

[*Bailan y salen los cómicos*[43].]

Medianoche ha sonado con lengua de hierro.
Acostaos, amantes: es la hora de las hadas.
Por la mañana, lo sospecho, dormiremos
todo lo que hemos velado en esta noche.
Esta tosca función ha burlado
el paso lento de la noche. Acostémonos, amigos.
Celebraremos las bodas quince días
con fiestas nocturnas y nueva alegría.

Salen.
Entra ROBÍN.

ROBÍN

Ya ruge hambriento el león
y a la luna aúlla el lobo,

---

[43]   En el teatro isabelino era costumbre que todos los actores bailasen
ante el público al final de la función. Aquí parece que sólo lo hacen Fondón y
Flauta. No obstante, en muchas representaciones modernas vuelven a entrar
en escena todos los demás para este baile.

mientras ronca el labrador
tras su quehacer fatigoso.
Ya sólo arden las brasas,
mientras chilla la lechuza,
recordando la mortaja
al que yace con angustia.
De la noche ya es la hora
en que todos los espectros
han salido de la fosa
y rondan los cementerios.
Y a los elfos, que rehuimos,
junto a Hécate y su escolta,
la luz del sol y seguimos
igual que un sueño a las sombras,
nos da gozo. Ni un ratón
profanará esta mansión.
Con esta escoba me han dicho
que barra el suelo bien limpio [44].

> *Entran* [OBERÓN y TITANIA], *rey y reina de las*
> *hadas, con todo su séquito.*

OBERÓN

Vuestras tenues luces ardan
junto al fuego mortecino.
Todo elfo y toda hada
brinque como pajarillo.
Ahora conmigo cantad
y con grácil pie bailad.

TITANIA

Recitad vuestra tonada;
un trino en cada palabra.
De la mano, pues, cantad
y bendecid el lugar.

---

[44]   A Robín se le representaba con una escoba en la mano.

Canción [*y danza*].

OBERÓN
    Hasta el día, cada hada
    bulla por toda la casa.
    Iremos al mejor tálamo
    y, así que lo bendigamos,
    los hijos que allí se engendren
    serán felices por siempre.
    Las tres parejas darán
    a su amor fidelidad,
    y sin tacha o impureza
    nacerá su descendencia.
    Ni mancha, labio partido,
    ni marca o lunar maligno
    que en las criaturas ofenden
    afearán a su progenie.
    Con el rocío consagradas,
    marchen ya todas las hadas
    y den a cada aposento
    la bendición y el sosiego,
    y así el dueño del palacio,
    bendecido, estará a salvo.
    No tardéis, id, corred
    y vedme al amanecer.

Salen [*todos menos* ROBÍN].

ROBÍN
    Si esta ilusión ha ofendido,
    pensad, para corregirlo,
    que dormíais mientras salían
    todas estas fantasías.
    Y a este pobre y vano empeño,
    que no ha dado más que un sueño,
    no le pongáis objeción,

que así lo haremos mejor.
Os da palabra este duende:
si el silbido de serpiente
conseguimos evitar,
prometemos mejorar;
si no, soy un mentiroso.
Buenas noches digo a todos.
Si amigos sois, aplaudid
y os lo premiará Robín.

[*Sale.*]

NOCHE DE REYES
O
LO QUE QUERÁIS

DRAMATIS PERSONAE

ORSINO, Duque de Iliria
VALENTÍN
CURIO } caballeros al servicio de Orsino

OLIVIA, condesa
MARÍA, doncella de Olivia
DON TOBÍAS REGÜELDO, tío de Olivia
DON ANDRÉS DE CARAPÁLIDA, amigo de don Tobías
MALVOLIO, mayordomo de Olivia
FESTE, bufón de Olivia
FABIÁN, caballero al servicio de Olivia

VIOLA, joven dama
SEBASTIÁN, hermano gemelo de Viola
ANTONIO, amigo de Sebastián

CAPITÁN
SACERDOTE

Señores, marineros, músicos, criados y acompañamiento.

NOCHE DE REYES
O
LO QUE QUERÁIS

I.i   [*Música.*] *Entran* ORSINO, *Duque de Iliria*, CURIO *y otros caballeros.*

ORSINO

Si el amor se alimenta de música,
seguid tocando; dádmela en exceso,
que, saciándome, repugne al apetito y muera.
¡Repetid la melodía! Tenía una cadencia...
Acarició mis oídos como el dulce son
que, alentando sobre un lecho de violetas,
roba y regala perfume. ¡Ya es bastante!
Ahora no es tan grata como lo era antes.
¡Espíritu de amor! ¡Qué vivo y qué voraz!
Tienes la capacidad de los océanos
y, sin embargo, en ti no entra nada,
por excelso que sea su valor,
sin que pierda su precio y estima
en un momento. Tan fantasioso es el amor
que todo él es una fantasía.

CURIO

¿Vais a cazar, señor?

ORSINO

¿Qué, Curio?

CURIO

La corza.

ORSINO

Ya lo hago: la más noble que hay.
Cuando la vi por vez primera, Olivia
purificaba el aire pestilente.
Me convertí al instante en una corza
y, desde entonces, mis deseos me persiguen
como perros crueles y feroces.

Entra VALENTÍN.

¿Qué, hay noticias de ella?

VALENTÍN

Con permiso, mi señor; no me recibieron
y su doncella me transmitió esta respuesta:
ni el cielo mismo, hasta que ardan siete años,
le verá el semblante al descubierto,
pues, como una monja, irá con velo
y rociará su cuarto una vez al día
con lágrimas salobres. Así conservará
el amor de su difunto hermano, que desea
guardar vivo por siempre en su apenado recuerdo.

ORSINO

¡Ah! La que tiene un corazón de esa ternura,
que paga tal deuda de amor por un hermano,
¡cómo amará cuando la gran flecha de oro
mate el raudal de sentimientos
que en ella viven, cuando a cerebro y corazón,
tronos soberanos, los rija un solo rey
que los provea y colme sus dulces perfecciones!
Conducidme a lechos de flores fragantes:
más sueña el amor bajo el grato ramaje.

Salen.

I.ii   *Entran* VIOLA, *un* CAPITÁN *y marineros.*

VIOLA
  ¿En qué país estamos, amigos?
CAPITÁN
  En Iliria, señora.
VIOLA
  ¿Y qué voy a hacer yo en Iliria?[1].
  Mi hermano está en el Elíseo. Con suerte
  no se habrá ahogado. ¿Qué creéis, marineros?
CAPITÁN
  Con mucha suerte os salvasteis vos.
VIOLA
  ¡Ah, pobre hermano! Es posible que él también.
CAPITÁN
  Sí, señora, y para que lo posible os dé consuelo,
  sabed que, después de estrellarse nuestro barco,
  cuando vos y los pocos salvados con vos
  se agarraban a la nave a la deriva,
  vi que vuestro hermano, previsor, se ataba
  a un recio mástil que flotaba en la mar
  (el valor y la esperanza le enseñaron el modo).
  Allí, como Arión a lomos del delfín[2],
  le vi en armonía con las olas
  mientras le tuve a la vista.
VIOLA
  Por decírmelo, aquí tienes oro.
  Mi propio salvamento alienta mi esperanza
  en el suyo, y tus palabras le han dado
  aprobación. ¿Conoces esta tierra?

---

  [1]   Región situada al este del mar Adriático que abarcaba la antigua Yugoslavia y Albania. Se ha observado que Shakespeare contrasta este nombre con el del «Elíseo» (el cielo, en la mitología griega) del verso siguiente, y que, paradójicamente, la semejanza fónica contribuye a marcar el contraste.
  [2]   Arión de Corinto, poeta griego. Según la leyenda, se arrojó al mar para huir de unos piratas y fue salvado por un delfín.

CAPITÁN

Sí, señora, y bien, pues nací y me crié
a menos de tres horas de aquí.

VIOLA

¿Quién gobierna el país?

CAPITÁN

Un duque, noble de cuna y carácter.

VIOLA

¿Cómo se llama?

CAPITÁN

Orsino.

VIOLA

¡Orsino! Se lo oí nombrar a mi padre.
Entonces era soltero.

CAPITÁN

Y sigue siéndolo, o lo era hace muy poco,
pues, cuando hace un mes salí de aquí,
corría el rumor (ya sabéis que las gentes
chismorrean lo que hace la nobleza)
de que requería de amores a la bella Olivia.

VIOLA

¿Quién es ella?

CAPITÁN

Una joven virtuosa, hija de un conde
que murió hará unos doce meses, dejándola
bajo la protección de su hijo, el hermano,
que murió poco después y a quien ella,
según dicen, quería tanto que se ha negado
al trato y compañía de los hombres.

VIOLA

¡Ojalá pudiera yo servirla,
y no revelar mi rango al mundo
hasta que haya madurado la ocasión!

CAPITÁN

No va a ser fácil de cumplir,

pues ella no admite peticiones,
ni siquiera la del duque.

VIOLA

Te comportas noblemente, capitán,
y, aunque un carácter oculte imperfecciones
tras un hermoso muro, estoy segura
de que tienes un alma que concuerda
con tu noble y fiel comportamiento.
Te suplico (y te lo premiaré con largueza)
que silencies quién soy yo y me ayudes
a encontrar el disfraz que más se ajuste
a mi propósito. Serviré al duque.
Preséntame a él como *castrato*:
merecerá tu esfuerzo, pues sé cantar,
y le hablaré con músicas diversas
que me harán digna de estar a su servicio.
Lo que suceda, que el tiempo lo decida.
Tú acomoda tu silencio a mi inventiva.

CAPITÁN

Sed vos su cantor; no hablará mi lengua.
Si no sé callar, mis ojos no vean.

VIOLA

Gracias. Condúceme.

Salen.

I.iii   *Entran* DON TOBÍAS *y* MARÍA.

DON TOBÍAS

¿Qué demonios se propone mi sobrina llorando así la
muerte de su hermano? ¡Como si el pesar no fuera enemigo
de la vida!

MARÍA

¡Vamos, don Tobías! Vos tenéis que recogeros más tem-

prano por la noche. A vuestra sobrina, mi señora, la ofenden
esas horas tan impropias.

DON TOBÍAS

Mientras sean las horas las que ofenden...

MARÍA

Sí, pero tenéis que ajustaros a los límites del orden.

DON TOBÍAS

¿Ajustarme? No pienso ajustarme más: esta ropa se ajusta
muy bien a la bebida, y también estas botas. Si no, que se
ahorquen con sus propios cordones.

MARÍA

El beber y el empinar os va a perder. Ayer hablaba de ello
mi señora, y de un señor bobo que trajisteis una noche para
que la pretendiera.

DON TOBÍAS

¿Quién? ¿Don Andrés de Carapálida?

MARÍA

Sí, él.

DON TOBÍAS

Pues él es de tanta talla como el que más en Iliria.

MARÍA

Y eso, ¿qué tiene que ver?

DON TOBÍAS

Su renta es de tres mil ducados al año.

MARÍA

Sí, y en un año se gastará esos ducados. Es un bobo y un
pródigo.

DON TOBÍAS

¡Cuidado con lo que dices! Toca la viola de gamba, habla
tres o cuatro idiomas palabra por palabra de memoria y
tiene todos los dones de la naturaleza.

MARÍA

Sí, hasta los más tontos, pues además de bobo es un pen-
denciero, y si su afición a la pendencia no se la frenara su
don de la cobardía, dicen los discretos que pronto alcanza-
ría el don de una tumba.

DON TOBÍAS

¡Voto a..! Los que dicen eso de él son unos granujas y unos insidiosos. ¿Quiénes lo dicen?

MARÍA

Los que añaden que cada noche se emborracha en compañía vuestra.

DON TOBÍAS

¡De tanto brindar por mi sobrina! Yo brindaré por ella mientras me quede un hueco en la garganta y haya bebida en Iliria. Quien no beba por mi sobrina hasta que la cabeza le dé más vueltas que un trompo, es un cobarde y un bellaco. ¡Vaya, mujer! *Castiliano vulgo*[3], que aquí viene don Andrés de Carapálida.

Entra DON ANDRÉS.

DON ANDRÉS

¡Don Tobías Regüeldo! ¿Qué tal, don Tobías?

DON TOBÍAS

¿Qué tal, querido don Andrés?

DON ANDRÉS

Dios os guarde, mocita.

MARÍA

Lo mismo digo, señor.

DON TOBÍAS

Abordad, don Andrés, abordad.

DON ANDRÉS

¿Qué?

DON TOBÍAS

Me refiero a la doncella.

DON ANDRÉS

Señora Abordad, espero que seamos amigos.

---

[3] No se ha dado una explicación satisfactoria de esta expresión, de apariencia española. Según el contexto, podría ser un equivalente de «Hablando del ruin de Roma...».

MARÍA

Me llamo María, señor.

DON ANDRÉS

Señora María Abordad...

DON TOBÍAS

Os confundís, caballero. «Abordar» significa acercarse, enamorarla, atacarla.

DON ANDRÉS

¡Vaya! Pues con ella no quiero entenderme en público. ¿Es eso lo que significa «abordar»?

MARÍA

Adiós, señores.

DON TOBÍAS

Si la dejáis irse así, don Andrés, ¡ojalá que ya nunca podáis desenvainar!

DON ANDRÉS

Si os vais así, señora, ¡ojalá que ya nunca desenvaine! Mi bella dama, ¿creéis que tratáis con tontos?

MARÍA

Señor, con vos no he tenido trato.

DON ANDRÉS

Pues lo tendréis: aquí está mi mano.

MARÍA

Señor, dadle mejor trato: llevad vuestra mano a la bodega y que beba.

DON ANDRÉS

¿Por qué, paloma? ¿Cuál es vuestro símil?

MARÍA

La tenéis muy seca.

DON ANDRÉS

Bueno, sí. No soy tan bobo como para no ver que aquí hay juego. ¿Cuál es el vuestro?

MARÍA

Una broma tonta.

DON ANDRÉS

¿Tenéis muchas así?

MARÍA

Sí, señor, en la punta de los dedos, pero ahora me he soltado la mano y no me quedan.

Sale.

DON TOBÍAS

¡Ay, caballero! Os hace falta un buen vino de Canarias[4]. ¿Cuándo os habré visto tan confuso?

DON ANDRÉS

Nunca en la vida, creo yo, a no ser que hayáis visto que el vino me confunde. A veces creo que no tengo más seso que cualquier cristiano. Pero como mucha ternera y eso creo que me daña el cerebro[5].

DON TOBÍAS

Sin duda.

DON ANDRÉS

Si de veras lo creyese, dejaría de comerla. Mañana me vuelvo a mi tierra, don Tobías.

DON TOBÍAS

¿*Pourquoi,* mi buen caballero?

DON ANDRÉS

¿Qué significa *pourquoi?* ¿Volver o no volver? Ojalá hubiera dedicado a las lenguas el tiempo que me ocupan la esgrima, el baile y la lucha del oso[6]. ¡Ah, si hubiera cultivado el arte!

DON TOBÍAS

Tendríais un pelo muy hermoso en la cabeza.

DON ANDRÉS

¿El arte me habría mejorado el pelo?

---

[4]   El vino dulce de Canarias era ya muy popular en la Inglaterra de Shakespeare.

[5]   Se creía que esta carne volvía tonta a la gente que la comía.

[6]   Espectáculo popular en la Inglaterra de Shakespeare, que consistía en soltar perros contra un oso sujeto a un palo por una cadena (en inglés, *bearbaiting*).

DON TOBÍAS
Sin duda alguna, pues sabéis que no se riza por naturaleza.
DON ANDRÉS
Pero me sienta bien, ¿verdad?
DON TOBÍAS
De maravilla. Os cuelga como el lino en una rueca, y espero ver cómo una mujer de su casa os mete entre sus piernas y lo hila.
DON ANDRÉS
La verdad, don Tobías, es que regreso mañana. A vuestra sobrina no podré verla y, si pudiera, cuatro contra uno a que ella no querrá nada conmigo. La corteja el propio duque, el que vive aquí, al lado.
DON TOBÍAS
No querrá nada con él. Ella no quiere un marido que la supere en hacienda, edad o inteligencia. La he oído jurarlo. Vamos, que aún hay esperanza.
DON ANDRÉS
Me quedaré otro mes. Soy tipo de ánimo singular: me encantan las mascaradas y el jolgorio; a veces, las dos cosas juntas.
DON TOBÍAS
¿Se os dan bien esas zarandajas?
DON ANDRÉS
Como al mejor de Iliria, con tal que no exceda mi rango ni me gane en años y experiencia.
DON TOBÍAS
¿Qué tal bailáis la gallarda?
DON ANDRÉS
Pues sé saltar.
DON TOBÍAS
Y yo sé retozar.
DON ANDRÉS
Para esa danza estoy tan bien dotado como el que más en Iliria.

DON TOBÍAS

¿Por qué ocultar todo eso? ¿Por qué esconder esos dones tras una cortina? ¿Van a coger polvo, como el retrato de doña María? ¿Por qué no vais a misa bailando la gallarda y volvéis bailando la corriente? Mi paso sería el de la giga; ni siquiera haría aguas si no es dando una cabriola. ¿Qué os proponéis? ¿Está el mundo para guardarse los méritos? Viendo la buena conformación de vuestras piernas, creo que se formaron bajo el signo de la danza.

DON ANDRÉS

Sí, son fuertes, y les favorecen las calzas pardas. ¿Hacemos un poco de jolgorio?

DON TOBÍAS

¿Qué vamos a hacer, si no? ¿No nacimos bajo el signo de Tauro?

DON ANDRÉS

¿Tauro? Ese rige corazón y costados.

DON TOBÍAS

No, señor: piernas y muslos[7]. Haced vuestras cabriolas. ¡Más arriba! ¡Ja, ja, magnífico!

Salen.

I.iv   *Entran* VALENTÍN *y* VIOLA *vestida de hombre.*

VALENTÍN

Si el duque continúa favoreciéndoos, Cesario[8], seguramente os ascenderá. Apenas os conoce tres días y ya sois uno más.

---

[7]   Según la astrología, Tauro regía el cuello y la garganta. Era, por tanto, un signo adecuado a un bebedor, y por eso lo menciona don Tobías. Don Andrés se equivoca en su atribución y don Tobías se equivoca a propósito en lo mismo para hacerle bailar.

[8]   Nombre elegido por Viola al disfrazarse de muchacho y el que se usará en el diálogo hasta el final.

VIOLA

Si ponéis en duda la continuidad de su afecto, es que teméis
sus caprichos o mi incapacidad. ¿Es voluble en sus favores?

VALENTÍN

No, os lo aseguro.

VIOLA

Gracias. Aquí viene el duque.

> *Entran el* DUQUE [ORSINO], CURIO *y acompaña-
> miento.*

ORSINO

¿Alguien ha visto a Cesario?

VIOLA

Aquí estoy, señor; a vuestro servicio.

ORSINO

Apartaos un momento. — Cesario,
ya lo sabes todo; te he abierto
el libro más secreto de mi alma.
Ahora, buen doncel, encamínate a ella;
no dejes que te rechacen; plántate a su puerta
y di a los criados que tu pie echará raíz
mientras no obtengas audiencia.

VIOLA

Mi noble señor, si, como dicen,
ella está tan sumida en su dolor,
no creo que quiera recibirme.

ORSINO

Antes que volver de vacío, escandaliza
y rompe los límites de la urbanidad.

VIOLA

Señor, ¿y si me recibe? Entonces, ¿qué?

ORSINO

¡Ah! Entonces revélale mi amor apasionado,
asáltala hablándole de mi hondo fervor.
Tú sabrás representar mi sufrimiento:

a ti te hará más caso, siendo joven,
que a un enviado de grave semblante.

VIOLA

Creo que no, mi señor.

ORSINO

Mi buen muchacho, no lo dudes,
pues negará tu tierna edad quien diga
que ya eres un hombre; los labios de Diana
no son más suaves ni encarnados; tu fina voz
es la de una doncella, aún clara y sin mudar,
y todo te asigna un papel de mujer.
Sé bien que tu estrella te ha destinado
a este cometido. — Acompañadle cuatro o cinco
de vosotros, o todos, si queréis,
pues estoy mejor cuanto más solo. — Consíguelo
y vivirás igual de libre que tu duque
y compartiendo su buena fortuna.

VIOLA

Haré cuanto pueda
para cortejarla. — [*Aparte*] ¡Tarea penosa!
Aunque a otras corteje, querría ser su esposa.

Salen.

I.v   *Entran* MARÍA *y* [FESTE] *el bufón.*

MARÍA

¡No! O me dices dónde has estado o no abriré los labios ni
un pelo en tu defensa. La señora te va a ahorcar por ausentarte.

FESTE

Que me ahorque. El que está bien ahorcado no teme la
alarma.

MARÍA

Explica eso.

FESTE

Que no tendrá a quien temer.

MARÍA

Una respuesta muy corta. Yo puedo decirte de dónde viene lo de «temer la alarma».

FESTE

¿De dónde, mi buena María?

MARÍA

De la guerra. Ahora que lo sabes, lo puedes decir en tus bromas.

FESTE

Bueno, Dios dé sabiduría a los sabios. Los bobos, que empleen su talento.

MARÍA

Pero te ahorcarán por ausentarte tanto tiempo. O, si te despiden, ¿te dará igual que si te ahorcan?

FESTE

Un buen ahorcamiento impide un mal matrimonio. En cuanto a despedirme, el verano lo hará soportable.

MARÍA

Conque te mantienes firme.

FESTE

Bueno, no, pero me he afirmado en dos puntos.

MARÍA

Para que, si uno se rompe, el otro aguante. Aunque, si se rompen los dos, se te caen los calzones.

FESTE

Muy bien, de veras; muy bien. Bueno, vete. Si don Tobías dejara de beber, tú serías una moza tan lista como la que más en Iliria.

MARÍA

¡Calla, granuja, basta! Aquí viene la señora. Más te vale excusarte bien.

[*Sale.*]

Entra OLIVIA *con* MALVOLIO [*y acompaña-miento*].

FESTE

Ingenio, si es tu voluntad, ponme en vena de bufón. Los ingenios que creen poseerte resultan unos bobos, y yo, que sé que no te tengo, puedo pasar por sabio. Pues, ¿no lo dice Quinápalus?[9]. «Mejor un bobo ingenioso que un ingenio bobo». — Dios te bendiga, señora.

OLIVIA

Llevaos al bobo.

FESTE

¿No habéis oído? Llevaos a la dama.

OLIVIA

¡Calla! Se te ha secado el ingenio y ya me has cansado. Además, te estás volviendo indecoroso.

FESTE

Dos defectos, señora, que se enmiendan con bebida y buen consejo. Dadle bebida al bufón seco y dejará de estar seco. Decidle al indecoroso que se enmiende: si lo hace, dejará de ser indecoroso; si no, que lo enmiende el remendón. Todo lo enmendado está remendado. La virtud que se extravía está remendada de pecado, y el pecado que se enmienda está remendado de virtud. Si os sirve este simple silogismo, bien; si no, ¿qué le vamos a hacer? Así como no hay cornudo más verdadero que el desastre, así la belleza es una flor. La dama dice que se lleven al bobo, y yo os repito: ¡lleváosla a ella!

OLIVIA

Les dije que te llevasen a ti.

FESTE

¡Equívoco en el máximo grado! Señora, *cucullus non facit monachum*[10], lo que equivale a decir que mi seso no se viste

---

9   Sabio inventado por Feste.
10   Literalmente, «la capucha no hace al monje».

de bobo. Mi señora, dadme licencia para mostraros que sois
tonta.

OLIVIA

¿Podrías?

FESTE

Diestramente, mi señora.

OLIVIA

Demuéstralo.

FESTE

Como el catecismo, señora. Criaturita de virtud, respón-
deme.

OLIVIA

Bueno, a falta de otra distracción, te escucharé.

FESTE

Mi señora, ¿qué os aflige?

OLIVIA

Mi buen bobo, la muerte de mi hermano.

FESTE

Yo creo que su alma está en el infierno, señora.

OLIVIA

Yo sé que su alma está en el cielo, bobo.

FESTE

Más boba vos, señora, que os afligís por un alma en la glo-
ria. ¡Llevaos a la boba, caballeros!

OLIVIA

¿Qué te parece el bufón, Malvolio? ¿A que va mejorando?

MALVOLIO

Sí, y continuará hasta que lo agiten las ansias de la muerte.
La vejez, que menoscaba al sabio, siempre mejora al necio.

FESTE

¡Dios os mande una pronta vejez para que mejore vuestra
necedad! Don Tobías jurará que no soy muy listo, pero no
se jugará un centavo a que vos no sois un necio.

OLIVIA

¿Qué dices a eso, Malvolio?

MALVOLIO

Me admira que Vuestra Señoría se deleite con tan insípido bribón. El otro día le vi quedar en ridículo con un vulgar simplón que tiene menos seso que una piedra. Miradle: ya está desarmado. A no ser que os riáis y le deis pie, se queda amordazado. En verdad, esas personas sensatas que se carcajean con bufones tan rutinarios, para mí es como si fueran ayudantes de bufón.

OLIVIA

Ah, padeces de egoísmo, Malvolio, y no pruebas nada con sano apetito. El que es magnánimo, franco y generoso toma por flechas de papel lo que a ti te parecen balas de cañón. Jamás calumnia un bufón, aunque no haga más que renegar, como no reniega el tenido por juicioso, aunque no haga más que censurar.

FESTE

¡Mercurio [11] te dé el don de la mentira, pues hablas bien de los bufones!

Entra MARÍA.

MARÍA

Señora, a la puerta hay un joven caballero que insiste en hablar con vos.

OLIVIA

¿De parte del duque Orsino?

MARÍA

No lo sé, señora. Es un joven apuesto y bien acompañado.

OLIVIA

¿Y quién de la casa lo entretiene?

MARÍA

Don Tobías, señora, vuestro tío.

OLIVIA

Llévatelo de allí, te lo ruego. No dice más que disparates. ¡Qué vergüenza!

---

[11] Mensajero de los dioses y dios del engaño.

[*Sale* MARÍA.]

Ve tú, Malvolio. Si viene de parte del duque, estoy enferma, no estoy, o lo que quieras para librarte de él.

Sale MALVOLIO.

Bueno, ya ves lo rancias que están tus bufonadas y lo poco que gustan.

FESTE

Señora, nos habéis defendido cual si vuestro primogénito fuese bufón. Que Júpiter le rellene el cráneo de sesos, pues aquí viene...

Entra DON TOBÍAS.

... uno de los vuestros, que tiene una piamáter [12] muy floja.

OLIVIA

¡Por mi honra, medio borracho! — ¿Quién hay a la puerta, tío?

DON TOBÍAS

Un caballero.

OLIVIA

¿Un caballero? ¿Qué caballero?

DON TOBÍAS

Hay un caballero... [*Eructa.*] ¡Malditos arenques en vinagre! — ¿Qué hay, bobo?

FESTE

¡Mi buen don Tobías!

OLIVIA

Tío, tío, ¿cómo andáis tan temprano con esa somnolencia?

DON TOBÍAS

¿Insolencia? ¡Desafío la insolencia! Hay alguien a la puerta.

---

[12] Membrana del cerebro y, por extensión, el cerebro mismo.

OLIVIA

Sí, claro. ¿Qué clase de hombre es?

DON TOBÍAS

Por mí que sea el diablo si quiere. Tú créeme. Bueno, me da igual.

Sale.

OLIVIA

¿A qué se parece un borracho, bufón?

FESTE

A un ahogado, a un tonto y a un loco. Un trago de más lo vuelve tonto, un segundo lo enloquece y un tercero lo ahoga.

OLIVIA

Vete a buscar al juez y que instruya el caso de mi tío, pues ha llegado a la tercera fase y se ha ahogado. Vete a cuidarle.

FESTE

Sólo está loco, señora. El bufón cuidará de él.

[*Sale.*]
Entra MALVOLIO.

MALVOLIO

Señora, ese joven jura que hablará con vos. Le digo que estáis enferma, y él afirma que lo sabía y que por eso viene a veros. Le digo que estáis durmiendo, y él contesta que también lo sabía y que por eso viene a veros. ¿Qué se le puede decir, señora? Repele toda negativa.

OLIVIA

Dile que no me verá.

MALVOLIO

Ya se le ha dicho, y él responde que se quedará a vuestra puerta clavado como un poste hasta que os vea.

OLIVIA

¿Qué género de hombre es?

MALVOLIO

Del género humano.

OLIVIA

¿Qué clase de hombre?

MALVOLIO

De mala clase: quiere veros, queráis vos o no.

OLIVIA

¿Qué aspecto y edad tiene?

MALVOLIO

Aún no tiene edad de hombre, y ya no tiene edad de niño:
como vaina antes de tener guisante o como manzana verde.
Está a medio camino entre niño y hombre. Es muy apuesto,
y tiene una voz muy chillona. Se pensaría que acaban de
destetarlo.

OLIVIA

Que pase. Llama a mi doncella.

MALVOLIO

Doncella, llama la señora.

Sale.
Entra MARÍA.

OLIVIA

Dame el velo. Vamos, tápame la cara.
Oigamos otra vez el mensaje de Orsino.

Entra VIOLA.

VIOLA

¿Quién es la honorable señora de la casa?

OLIVIA

Habladme a mí. Yo responderé en su nombre. ¿Qué deseáis?

VIOLA

Muy radiante, exquisita y sin par belleza... Os lo ruego, decidme si es esta la señora de la casa, pues nunca la he visto.

Me repugnaría malgastar mi discurso, pues, además de estar admirablemente escrito, me ha costado mucho aprendérmelo. — Queridas bellezas, no os burléis de mí: soy muy sensible, incluso al menor desaire.

OLIVIA

¿De parte de quién venís?

VIOLA

Puedo decir poco más de lo que he aprendido, y esa pregunta no está en mi papel. Gentil señora, dadme una humilde prueba de que sois la señora de la casa para que pueda seguir con mi discurso.

OLIVIA

¿Sois actor?

VIOLA

¡No, por mi vida! Aunque, por los dientes del rencor, juro que no soy lo que represento. ¿Sois la señora de la casa?

OLIVIA

Si no me usurpo a mí misma, lo soy.

VIOLA

Si lo sois, sin duda os usurpáis a vos misma, pues lo que es vuestro para dar, no es vuestro para guardar. Pero esto no entra en mi cometido. Seguiré con mi discurso de alabanza y luego iré al fondo del mensaje.

OLIVIA

Id a lo esencial: os excuso de la alabanza.

VIOLA

¡Ah, me ha costado tanto aprendérmela, y es tan poética...!

OLIVIA

Más ficticia será; guardáosla para vos. Me han dicho que habéis estado impertinente a la puerta. Si os he hecho pasar ha sido más por curiosidad que por oíros. Si estáis loco, marchaos. Si estáis cuerdo, sed breve. No me ha dado la luna como para entrar en un diálogo tan frívolo.

MARÍA

Si os hacéis a la mar, salid por aquí.

VIOLA

No, buen grumete: seguiré amarrado un poco más. — Señora, aplacad un poco a vuestro gigante [13]. Dad respuesta,
que soy mensajero.

OLIVIA

Con tan temibles preámbulos, vuestras noticias serán es-
pantosas. Decid vuestro mensaje.

VIOLA

Os concierne sólo a vos. No es ninguna declaración de guerra, ni demanda de tributo. Llevo el olivo en la mano. Traigo
palabras de paz y de peso.

OLIVIA

Mas comenzasteis rudamente. ¿Quién sois? ¿Qué queréis?

VIOLA

La rudeza la he aprendido del recibimiento que me han
dado. Quién soy y qué quiero es cosa tan secreta como la
virginidad: sagrada a vuestros oídos, profana para los demás.

OLIVIA

Dejadnos a solas. Oiré el verbo divino.

[*Salen* MARÍA *y acompañamiento.*]

Bueno, ¿cuál es vuestro texto? [14].

VIOLA

Gentilísima señora...

OLIVIA

Doctrina reconfortante, y tiene mucho a su favor. ¿Dónde
está vuestro texto?

VIOLA

En el corazón de Orsino.

---

[13]   Uno de los diversos comentarios sarcásticos de la obra sobre la baja
estatura de María.

[14]   El pasaje de las Escrituras sobre el que Viola/Cesario iría a desarrollar
su sermón.

OLIVIA

¿En su corazón? ¿En qué capítulo de su corazón?

VIOLA

Según el índice, en el primero de su alma.

OLIVIA

Ah, ya lo he leído. Es herejía. ¿Algo más que decir?

VIOLA

Mi señora, dejad que os vea la cara.

OLIVIA

¿Os ha encargado vuestro amo que tratéis con mi cara? Os
habéis salido del texto, pero descorreré la cortina y os mos-
traré el cuadro. [*Se levanta el velo.*] Mirad, este es mi retrato al presente. ¿A que está bien hecho?

VIOLA

Admirablemente, si es obra de Dios.

OLIVIA

Es indeleble: resiste el viento y la intemperie.

VIOLA

Es belleza armonizada: el rojo y el blanco
los pintó la dulce y hábil mano de Natura.
Señora, sois la más cruel de las mujeres
si os lleváis vuestras gracias a la tumba
sin dejarle copia al mundo.

OLIVIA

¡Ah, no seré tan despiadada! De mi belleza repartiré diversos inventarios: estará catalogada, y toda parte y accesorio
se añadirá a mi testamento. Por ejemplo, *item,* dos labios,
bastante rojos; *item,* dos ojos grises con sus párpados; *item,*
un cuello, un mentón, etcétera. ¿Os han mandado a valo-
rarme?

VIOLA

Ya veo lo que sois: orgullosa en demasía.
Mas, aunque fuerais el diablo, seríais bella.
Mi amo y señor os ama. A un amor así
apenas podríais corresponder, aunque os coronasen
como belleza sin par.

OLIVIA

¿Cómo me ama?

VIOLA

Con adoración, ríos de lágrimas, gemidos
que atruenan de amor, suspiros de fuego.

OLIVIA

Vuestro amo sabe lo que siento: no puedo amarle.
Bien sé que es hombre de virtud, noble,
de gran hacienda, de pura y limpia juventud,
de buena fama, generoso, docto y valiente,
y en su figura y su exterior,
muy agraciado. Mas no puedo amarle.
Debió aceptar esta respuesta tiempo atrás.

VIOLA

Si yo os amase con el fuego de mi amo,
con tanto sufrimiento y tanta muerte en vida,
en vuestro rechazo no hallaría sentido;
no lo entendería.

OLIVIA

¿Y qué haríais?

VIOLA

Me haría una cabaña de sauce a vuestra puerta
y llamaría a mi alma, que vive en esta casa.
Compondría tiernos cantos de amor menospreciado,
que cantaría a toda voz en la calma de la noche.
Gritaría vuestro nombre al eco de los montes
y haría que la comadre balbuciente de los aires [15]
repitiese «¡Olivia!». ¡Ah, no podríais vivir
entre los elementos de aire y tierra
sin tener piedad de mí!

OLIVIA

Tal vez lo consigáis. ¿Cuál es vuestra ascendencia?

---

[15] La ninfa Eco, que se consumió por su amor a Narciso y sólo le quedó
la voz.

VIOLA

Superior a mi suerte, aunque soy de buena cuna:
soy caballero.

OLIVIA

Volved con vuestro amo.
No puedo amarle. Que no me envíe a nadie más,
a no ser que por azar vos vengáis
y me contéis cómo lo toma. Adiós.
Gracias por la molestia. Gastad esto por mí.

VIOLA

Yo no cobro mis mensajes; guardaos la bolsa.
Es mi señor quien requiere vuestra paga.
¡Que el amor endurezca el corazón de vuestro amado
y vuestro ardor bien merezca el gran desdén
que sufre mi amo! Adiós, bella cruel.

Sale.

OLIVIA

«¿Cuál es vuestra ascendencia?».
«Superior a mi suerte, aunque soy de buena cuna:
soy caballero». Juraré que lo eres:
tu lengua, rostro, gestos, figura y donaire
te dan cinco veces un blasón. Despacio, espera.
Si el criado fuese el amo... ¿Entonces?
¿Puede una contagiarse tan deprisa?
Siento como si las perfecciones de este joven
furtiva y sutilmente se me insinuasen
por los ojos. Bien, que así sea. —
¡Malvolio!

Entra MALVOLIO.

MALVOLIO

Señora, a vuestro servicio.

OLIVIA

Corre tras el terco mensajero,
el criado del duque. Se ha dejado este anillo,
lo quisiera yo o no. Dile que no lo quiero.
Ruégale que no dé alientos a su amo,
ni falsas esperanzas: yo no soy para él.
Si el joven desea venir mañana,
yo le daré mis razones. ¡Deprisa, Malvolio!

MALVOLIO

Sí, señora.

Sale.

OLIVIA

No sé lo que hago; me acosa el temor
de que mis ojos halaguen mi razón.
Decide, Destino, pues nadie es su dueño:
que conmigo se realicen tus decretos.

[*Sale.*]

II.i   *Entran* ANTONIO *y* SEBASTIÁN.

ANTONIO

¿No quieres quedarte más? ¿O que yo vaya contigo?

SEBASTIÁN

Con tu permiso, no. Mis estrellas lucen tristes sobre mí. La
adversidad de mi destino tal vez perturbe el tuyo, así que, te
lo ruego, déjame que lleve yo solo mis desgracias. Mal pa-
garía yo tu afecto si te las contagiase.

ANTONIO

Dime adónde te diriges.

SEBASTIÁN

No, de veras: mi rumbo no es más que un vagabundeo. Aunque sé que tienes tanto sentido de la discreción como para

no arrancarme lo que deseo callar; por eso la cortesía me
obliga a darme a conocer. Déjame decirte, Antonio, que
me llamo Sebastián, aunque me hacía llamar Rodrigo. Mi
padre era Sebastián de Mesalia, de quien sé que has oído
hablar. A su muerte quedamos una hermana y yo, nacidos
ambos en la misma hora. Ojalá hubiésemos muerto igual.
Pero tú lo impediste, pues mi hermana se ahogó una hora
antes de que tú me salvaras del cruel oleaje.

ANTONIO

¡Triste día!

SEBASTIÁN

Era una joven que, aunque decían que se me parecía mucho, la tenía por hermosa mucha gente. Y aunque yo no
puedo creer en un juicio tan admirativo, sí puedo proclamar
abiertamente que su alma era tan bella que no podría ne-
garlo ni la envidia. Se ahogó en aguas salobres, y ahora creo
que voy a ahogar su recuerdo con las mías.

ANTONIO

Perdóname por mi pobre acogida.

SEBASTIÁN

¡Ah, buen Antonio! Perdóname tú por tus desvelos.

ANTONIO

Si no quieres matarme de la pena, déjame que sea tu siervo.

SEBASTIÁN

Si no quieres hundir al que has sacado, es decir, matar al
que has salvado, no me lo pidas. Despidámonos ya. Mi pecho está lleno de emoción y a tal punto soy como mi madre
que, al menor impulso, mis ojos van a traicionarme. Voy a
la corte del duque Orsino. Adiós.

Sale.

ANTONIO

¡La bondad de los dioses te acompañe!
En la corte del duque tengo muchos enemigos,
que, si no, te vería pronto en ella.

No obstante, allí voy, a pesar del riesgo:
mi cariño hará del peligro un juego.

Sale.

II.ii   *Entran* VIOLA *y* MALVOLIO *por lados opuestos.*

MALVOLIO
¿No habéis estado ahora con la condesa Olivia?
VIOLA
Ahora mismo, señor. Desde entonces he llegado aquí a paso
tranquilo.
MALVOLIO
Os devuelve este anillo, señor. De habéroslo llevado vos
mismo, me habríais ahorrado la molestia. Y, además, añade
que debéis dar al duque la seguridad más rotunda de que no
quiere nada con él. Y por último: que nunca más os permi-
táis venir con sus mensajes si no es para informar de cómo
lo ha tomado el duque. Así os lo transmito.
VIOLA
Ella lo tomó. Ahora no lo quiero.
MALVOLIO
¡Vamos! Os atrevisteis a tirárselo. Su voluntad es que os sea
devuelto de igual modo. Si merece el agacharse, ahí queda
a la vista; si no, para el que se lo encuentre.

Sale.

VIOLA [*recogiendo el anillo*]
Yo no le he dejado anillo. ¿Qué se propone?
Ojalá no la haya fascinado mi presencia.
Me examinó muy de cerca, tanto que pensé
que sus ojos la habían enmudecido,
pues sólo hablaba a saltos, sin coherencia.
Se ha enamorado, seguro, y sagazmente

me tienta con su rudo mensajero.
¿El anillo del duque? ¡Si no le envió ninguno!
Yo soy su hombre. Si es así, y lo es,
la pobre haría mejor en prendarse de un sueño.
Disfraz, veo que eres una maldición
con la que actúa el hábil enemigo [16].
¡Qué fácil es para el bello seductor
grabarse en el tierno corazón de la mujer!
No es por nuestra culpa; es nuestra flaqueza,
pues por fuerza somos como estamos hechas.
¿Cómo saldrá esto? Mi señor la ama,
y yo, pobre monstruo, le adoro a él,
y ella, equivocada, se prenda de mí.
¿Qué sucederá? Como hombre
desespero del amor de Orsino;
como mujer (¡ay de mí!), ¡qué vanos
suspiros lanzará la pobre Olivia!
¡Tiempo! Tú serás quien desenrede esto,
pues el nudo yo no puedo deshacerlo.

[*Sale.*]

II.iii   *Entran* DON TOBÍAS *y* DON ANDRÉS.

DON TOBÍAS
   Acercaos, don Andrés. No estar acostado después de medianoche equivale a madrugar y, *diluculo surgere* [17]..., ya
   sabéis...
DON ANDRÉS
   No, la verdad es que no sé. Pero sé que acostarse tarde es
   acostarse tarde.

---

[16]   El diablo, en el sentido de que para engañar se vale de disfraces.
[17]   El dicho latino continuaba «... saluberrimum est». Completo, significa: «Levantarse temprano es sanísimo».

DON TOBÍAS

¡Conclusión falsa! Odiosa como un vaso vacío. Estar levantado después de medianoche y acostarse entonces es temprano, luego acostarse después de medianoche es acostarse temprano. Nuestra vida, ¿no se compone de los cuatro elementos?[18].

DON ANDRÉS

Sí, eso dicen, aunque yo creo que más bien se compone de comer y beber.

DON TOBÍAS

¡Sois un sabio! Entonces, ¡a comer y a beber! — ¡Eh, María! ¡Una jarra de vino!

Entra [FESTE] *el bufón.*

DON ANDRÉS

Aquí viene el bufón.

FESTE

¿Qué tal, compañeros? ¿No habéis visto nunca el cuadro de *Los dos bobos?*

DON TOBÍAS

¡Bienvenido el tercero! Vamos a cantar un canon [19].

DON ANDRÉS

Palabra que el bufón tiene buenos pulmones. Antes que cuarenta ducados, prefiero tener las piernas y la voz de este bufón. — La verdad es que anoche sí que estabas en vena contando lo de Pigrogrómitus, lo de los vapianos pasando la equinoccial de Queubus [20]. Estuvo muy bien, de veras. Te pasé seis centavos para tu amiga. ¿Los tienes?

---

[18]   Aire, fuego, agua y tierra. Se creía que componían toda la materia.

[19]   Composición en que las voces van entrando sucesivamente, repitiendo cada una el canto de la que antecede. Un ejemplo de canon en su forma más simple sería «Lego Diego» («Frère Jacques»).

[20]   Feste se inventa una pseudociencia con nombres de sabios o filósofos, como ya vimos en I.v. (véanse pág. 163 y nota 9) y veremos más tarde en IV.ii. Aquí parece que, además, se burla del lenguaje astrológico.

FESTE

Me *embolsillé* vuestra *retribulación*, pues la nariz de Malvolio no es un látigo, mi señora tiene manos blancas y «Los Mirmidones» no es un tabernucho[21].

DON ANDRÉS

¡Magnífico! Esta es la mejor de todas. Y ahora, una canción.

DON TOBÍAS

Vamos, toma seis centavos. ¡Venga una canción!

DON ANDRÉS

Y otros seis míos. Si un caballero le da...

FESTE

¿Queréis una canción de amor o una de la buena vida?

DON TOBÍAS

¡Una de amor, una de amor!

DON ANDRÉS

Eso, que una vida de bondad no me atrae.

FESTE [*canta*]

> Amada mía, ¿adónde vas?
> Oye, tu amor se acerca ya
> con su alto y bajo son.
> No, vida mía, no andes más,
> que siempre acaba el caminar
> cuando te encuentra el amor.

DON ANDRÉS

¡Buenísima!

DON TOBÍAS

Muy buena.

FESTE [*canta*]

> Con el amor no hay un después:
> se goza y ríe a la vez;
> lo que venga, quién sabrá.

---

[21] A pesar de diversos intentos por explicarlo, este juego verbal de Feste no parece que tenga otro sentido que el de complacer a don Andrés (e intentar sacar alguna propina).

De nada sirve posponer;
ven a besarme, lindo bien:
siempre joven no serás [22].

DON ANDRÉS

Como que soy caballero, ¡qué voz tan meliflua!

DON TOBÍAS

¡Hedionda!

DON ANDRÉS

Eso, muy dulce y hedionda.

DON TOBÍAS

Si oyéramos por la nariz, sería dulce de puro hedionda.
Bueno, ¿hacemos bailar los cielos? ¿Despertamos al búho
cantando un canon que le saque tres almas a un beato? ¿Lo
hacemos?

DON ANDRÉS

Si me apreciáis, ¡adelante!, que cantando soy un as.

FESTE

Vaya que sí, y los hay que cantan ases.

DON ANDRÉS

Muy cierto. Cantemos «Bribón».

FESTE

¿«Cállate, bribón», señor? Me veré obligado a llamaros bribón, señor.

DON ANDRÉS

No serías el primero al que he obligado a llamarme bribón.
Vamos, bufón. Eso empieza: «Cállate».

FESTE

Si me callo, no podré empezar.

DON ANDRÉS

Muy buena. En fin, empieza.

---

[22]   Sobre esta canción véanse nota y partitura en el Apéndice, págs. 257
y 259.

>   *Cantan el canon* [23].
>   *Entra* MARÍA.

MARÍA

   ¿Qué guirigay estáis armando? Si la señora no ha despertado al mayordomo Malvolio para que os eche, yo no
   existo.

DON TOBÍAS

   La señora es una pérfida; nosotros, unos intrigantes; Malvo-
   lio, un aguafiestas.
   [*Canta*] ¡Y qué alegres los tres! [24] —
   ¿No soy un consanguíneo? ¿No soy de su sangre? ¡Boba-
   das! ¡La señora! —
   [*Canta*] En Babilonia vivía un hombre, ¡ay, ay, ay, señora!

FESTE

   ¡Pardiez, que el caballero está en vena!

DON ANDRÉS

   Sí, lo hace bien cuando está a tono, y yo también. Él lo hace
   de un modo galano; yo, muy simple.

DON TOBÍAS [*canta*]

>   En el doce de diciembre...

MARÍA

   ¡Por el amor de Dios, callad!

>   *Entra* MALVOLIO.

MALVOLIO

   Señores, ¿estáis locos o qué? ¿No tenéis juicio, crianza ni decoro, que dais más gritos que un hojalatero a estas horas de la
   noche? ¿Queréis hacer una taberna de la casa de mi ama be-

---

   [23]   Véase nota 19 (pág. 178). Véanse también nota y partitura en el Apéndice, págs. 257 y 260.
   [24]   Sobre este verso y el siguiente, cantados por don Tobías, véanse notas
y partituras en el Apéndice, págs. 258, 260 y 261. Del que canta a continuación («En el doce de diciembre...») no se conserva la melodía original.

rreando ese cantar de remendón con voz tan inmisericorde?
¿No tenéis sentido del lugar, del prójimo o del tiempo?

DON TOBÍAS

El tiempo lo medíamos cantando. ¡Cierra el pico!

MALVOLIO

Don Tobías, he de ser claro con vos. Mi ama me ha orde-
nado que os diga que, aunque os alberga como pariente, no
está emparentada con vuestos desórdenes. Si podéis aparta-
ros de vuestros excesos, seréis bien acogido. Si no, y prefe-
rís marchar, ella de buen grado os dirá adiós.

DON TOBÍAS [*canta*]

　　　　Adiós, mi amor, pues he de irme ya[25].

MARÍA

Pero, ¡don Tobías!

FESTE [*canta*]

　　　　Miradle bien: sus días van a acabar.

MALVOLIO

¡Será posible!

DON TOBÍAS [*canta*]

　　　　Mas no voy a morir.

FESTE [*canta*]

　　　　En eso vos mentís.

MALVOLIO

¡Muy honroso!

DON TOBÍAS [*canta*]

　　　　¿Le despido ya?

FESTE [*canta*]

　　　　¿Qué le va a pasar?

DON TOBÍAS [*canta*]

　　　　¿Le despido ya de una vez?

FESTE [*canta*]

　　　　No, no, no, no, no, no os atrevéis.

---

[25]　La letra del dúo que sigue entre don Tobías y Feste procede de las dos
primeras estrofas de una canción de la época. Véanse nota y partitura en el
Apéndice, págs. 258 y 261.

DON TOBÍAS

¡Mentira, desafinas! — [*A* MALVOLIO] ¿No eres más que un mayordomo? ¿Te crees que, porque seas virtuoso, ya no ha de haber vino y fiesta?

FESTE

Por Santa Ana, ¡y especias también!

DON TOBÍAS

Exacto. — Señor, lustrad vuestra cadena con migajas[26]. — ¡María, una jarra de vino!

MALVOLIO

Doncella María, si en algo estimáis el buen nombre de mi ama, no facilitéis tan incivil conducta. Juro que lo va a saber.

Sale.

MARÍA

¡Anda a rebuznar!

DON ANDRÉS

Igual que darle de beber a un hambriento sería retarle a duelo, no presentarse y dejarle en ridículo.

DON TOBÍAS

Hacedlo, caballero. Yo os escribo el reto, o le transmito de palabra vuestra indignación.

MARÍA

Querido don Tobías, paciencia por esta noche. Mi ama está muy inquieta desde que ha estado con ella el paje del duque. En cuanto a Monsieur Malvolio, dejadlo de mi cuenta. Si no le embauco y le convierto en la burla y rechifla general, es que no soy capaz ni de acostarme derecha. Sé que puedo hacerlo.

DON TOBÍAS

Cuenta, cuenta; dinos algo de él.

---

[26] Malvolio lleva una cadena colgada del cuello como distintivo de su empleo de mayordomo.

MARÍA

Pues a veces es una especie de puritano.

DON ANDRÉS

¡Ah! Si yo lo creyera, le zurraría como a un perro.

DON TOBÍAS

¿Por ser puritano? ¿Por qué excelso motivo, caballero?

DON ANDRÉS

Mi motivo no es excelso, pero sí lo bastante bueno.

MARÍA

Pero ese no es ni puritano ni nada fijo, sino un oportunista, un fatuo que se aprende rimbombancias y las suelta a ristras; un pagado de sí mismo que se cree tan repleto de excelencias que, en su credo, quien le mira, le ama. Pues será en este vicio donde yo practique mi venganza.

DON TOBÍAS

¿Qué piensas hacer?

MARÍA

Dejaré en su camino cartas de amor equívocas, en las que se verá retratado por el color de la barba, la forma de las piernas, el modo de andar, la expresión de los ojos, la frente y la tez. Mi letra se parece mucho a la de mi señora: si no nos acordamos del asunto, no podemos saber quién escribió algo.

DON TOBÍAS

¡Magnífico! Me huelo un enredo.

DON ANDRÉS

Yo también.

DON TOBÍAS

Pensará que las cartas que le dejes son de mi sobrina y que ella está enamorada de él.

MARÍA

Mi objeto es un caballo de esa especie.

DON ANDRÉS

¡Y vuestro caballo le convertirá en asno!

MARÍA

Sin duda.

DON ANDRÉS
    ¡Ah, será admirable!
MARÍA
    Diversión regia, seguro. Sé que mi medicina tendrá efecto.
    Yo os pondré a los dos, y que el bufón sea el tercero, donde
    él encontrará la carta. Observad cómo la interpreta. Por esta
    noche, a acostarse y a soñar con el enredo. Adiós.

        Sale.

DON TOBÍAS
    Buenas noches, Pentesilea[27].
DON ANDRÉS
    Una gran moza, de veras.
DON TOBÍAS
    Un lince de pura raza, y me adora. ¿Qué os parece?
DON ANDRÉS
    A mí me adoraron una vez.
DON TOBÍAS
    Vamos a acostarnos. Más vale que mandéis a pedir más di-
    nero.
DON ANDRÉS
    Si no me hago con vuestra sobrina, me veré en un aprieto.
DON TOBÍAS
    Mandad a pedir dinero. Si al final no es vuestra, llamadme
    cabestro.
DON ANDRÉS
    Si no lo hago, no os fiéis de mí. Tomadlo como queráis.
DON TOBÍAS
    Vamos, vamos. Voy a calentar vino. Ahora es muy tarde
    para acostarse. Vamos, caballero, vamos.

        Salen.

---

[27] Reina de las amazonas. Otro comentario burlón sobre la baja estatura
de María.

II.iv   *Entran el* DUQUE [ORSINO], VIOLA, CURIO *y otros.*

ORSINO
Tocad música. Buenos días, amigos. —
Cesario, esa canción, sólo esa canción
vieja y anticuada que oímos anoche.
Creo que alivió más mi sufrimiento
que esos aires y versos afectados
de nuestro tiempo veloz y presuroso.
Vamos, sólo un verso.

CURIO
Con permiso, mi señor. El que la canta no está.

ORSINO
¿Quién era?

CURIO
El bufón Feste, señor; el bufón que tanto le gustaba al padre
de la condesa Olivia. Está por la casa.

ORSINO
Ve a buscarle. — Mientras, tocad la melodía.

[*Sale* CURIO.]
Suena la música.

Ven aquí, muchacho. Si un día te enamoras,
acuérdate de mí en tu dulce dolor,
pues tal como yo son los amantes,
en todo veleidosos y volubles
salvo en la fiel contemplación
del ser a quien aman. ¿Qué te parece esta música?

VIOLA
Resuena justamente
en el trono del amor.

ORSINO
Hablas con maestría.
Por mi vida que, aun siendo tan joven,

tus ojos ya se habrán posado con amor
en algún rostro, ¿verdad?

VIOLA

Con permiso, un poco.

ORSINO

¿Qué clase de mujer es?

VIOLA

Como vos.

ORSINO

Entonces no es digna de ti. ¿Qué edad tiene?

VIOLA

La vuestra, señor.

ORSINO

¡Demasiados años! La mujer debe unirse
a uno mayor, y así se amolda a él
y rige constante en su corazón,
pues, muchacho, por más que nos jactemos,
nuestro amor es más ligero e inestable,
más ávido y cambiante, y se apaga
antes que el de una mujer.

VIOLA

Es cierto, señor.

ORSINO

Entonces, que tu amada sea menor que tú
o tu amor perderá toda su fuerza.
Las mujeres son como rosas: se abren
en la flor de su belleza, y ya decaen.

VIOLA

Así es. ¡Ay de mí, eso es lo que son!
¡Morir justo cuando alcanzan perfección!

Entran CURIO *y* [FESTE] *el bufón.*

ORSINO

Amigo, venga esa canción de anoche.
Fíjate, Cesario: es vieja y corriente.
La cantan tejedoras e hilanderas

a la luz del día, las mozas que, alegres,
hacen encaje de bolillos. Es verdad pura
y juega con la inocencia del amor,
como en los viejos tiempos.

FESTE

¿Preparado, señor?

ORSINO

Canta, te lo ruego.

Música.

[FESTE]   *Canción.*

Ven a mí, ven a mí, muerte,
y entiérrenme en ataúd de ciprés.
Vida, déjame ya, vete,
me ha matado una ingrata mujer.
Ramas de tejo en el sudario,
¡ah, esparcid!
Nadie tan fiel enamorado
pudo morir.

Ni una flor, ni una sola flor
engalane mi féretro negro.
Ni dolor, ningún dolor
se acerque al lugar de mi entierro.
Ante mi tumba ningún amante
se ha de doler,
que donde no me encuentre nadie
quiero yacer [28].

ORSINO

Toma esto por la molestia.

FESTE

Cantar no es molestia, señor: es un placer.

---

[28]   No se conserva la melodía original de esta canción.

ORSINO

Entonces pagaré el placer.

FESTE

Cierto, señor: al final el placer siempre se paga.

ORSINO

Ahora déjame que te deje.

FESTE

Que el dios de la melancolía os proteja, y el sastre os haga
un jubón de mudable tafetán, pues tenéis alma de ópalo. Ya
quisiera yo en la mar hombres de vuestra firmeza: abarcándolo todo y con rumbo a todas partes, pues así se navega
bien hacia la nada. Adiós.

Sale.

ORSINO

Retírense los demás.

[*Salen* CURIO *y los otros*.]

Una vez más, Cesario,
dirígete a esa reina de crueldad.
Dile que a mi amor, más noble que el mundo,
no le importa la suma de sórdidas tierras.
Dile que los bienes que le ha dado la fortuna
para mí sólo son azares de fortuna.
Lo que atrae mi alma es esa gema, ese milagro
de joya en que la envuelve la naturaleza.

VIOLA

Pero, ¿y si no os ama?

ORSINO

No lo aceptaré.

VIOLA

Tendréis que aceptarlo. Suponed
que alguna dama (y podría haberla)
os ama con amor tan angustioso

como el vuestro por Olivia. Vos no la amáis.
Se lo decís. Ella, ¿no tendría que aceptarlo?

ORSINO

No hay pecho de mujer
que resista el palpitar de una pasión
como la que el amor me impone a mí.
Su corazón no es tan grande; le falta capacidad.
Su amor podría llamarse apetito,
no sentimiento; sólo excita el paladar,
que sufre hartazgo, saciedad y repugnancia.
Pero el mío es voraz como el océano
y todo lo digiere. No quieras comparar
el amor que puede darme una mujer
con lo que yo siento por Olivia.

VIOLA

Sí, aunque sé...

ORSINO

¿Qué sabes tú?

VIOLA

Sé muy bien el amor que una mujer puede sentir.
La verdad, su pecho es tan fiel como el nuestro.
Mi padre tenía una hija que estaba enamorada,
igual que, quizá, si yo fuese mujer,
podría estarlo de vos.

ORSINO

¿Y cuál es su historia?

VIOLA

Señor, un vacío. Su amor no reveló jamás
y dejó que su secreto, como el gusano en la flor,
se nutriera de su cara sonrosada.
Postrada y afligida, en su pálida tristeza,
semejaba la Paciencia hecha estatua
que le sonríe al Pesar. ¿Acaso esto no era amor?
Los hombres podemos decir y jurar mucho,
aunque las muestras son más que el sentimiento:
prometemos mucho, pero amamos menos.

ORSINO

¿Y tu hermana murió de amor, muchacho?

VIOLA

Yo soy todas las hijas de mi padre
y también todos los hijos. Aunque no sé.
Señor, ¿voy a ver a esa dama?

ORSINO

Sí, esa es la idea.
Corre, dale esta joya; dile que mi amor
ni cede un paso, ni admite negación.

Salen.

II.v   *Entran* DON TOBÍAS, DON ANDRÉS *y* FABIÁN.

DON TOBÍAS

Venid conmigo, *signor* Fabián.

FABIÁN

Sí, ya voy. Si me pierdo este juego un solo instante, que me
cuezan vivo en la melancolía.

DON TOBÍAS

¿No os alegraría ver puesto en ridículo a ese miserable, a
ese fariseo?

FABIÁN

No cabría de gozo. Sabéis que me indispuso con la señora
por traer la lucha del oso [29].

DON TOBÍAS

Para enfadarle, volvemos a traer el oso, y a él le dejamos
hecho un tonto. ¿A que sí, don Andrés?

DON ANDRÉS

Si no, no merecemos vivir.

---

[29]   Véase nota 6 (pág. 157).

Entra MARÍA.

DON TOBÍAS
Aquí viene la diablilla. — ¿Qué hay, tesoro de Indias?
MARÍA
Poneos los tres detrás del seto: se acerca Malvolio. Ha estado media hora a plena luz practicando cortesías con su
sombra. Por el placer de la burla, observadle; sé que esta
carta le va a volver un idiota soñador. ¡Escondeos, en nombre de la broma!

[*Deja la carta en el suelo.*]

Quédate ahí, que ya viene la trucha que vamos a pescar aca-
riciándola.

Sale.
Entra MALVOLIO.

MALVOLIO
Es la suerte, todo es la suerte. María me dijo una vez que
Olivia me amaba, y ella misma llegó a insinuar que si se
enamoraba, sería de alguien como yo. Además, me trata con
más alto respeto que a cualquiera del servicio. ¿Qué debo
pensar?
DON TOBÍAS
¡Será fatuo el sinvergüenza!
FABIÁN
¡Callad! La ensoñación le convierte en pavo real. ¡Cómo se
contonea al abrir las plumas!
DON ANDRÉS
¡Voto a...! ¡Qué paliza le daría!
DON TOBÍAS
¿Queréis callar?
MALVOLIO
¡Ser el conde Malvolio!

DON TOBÍAS
  ¡Granuja!
DON ANDRÉS
  ¡Disparadle, disparadle!
DON TOBÍAS
  ¡Chsss...! ¡Callad!
MALVOLIO
  Hay un precedente: la Señora de Stracci se casó con su ofi-
  cial de los paños.
DON ANDRÉS
  ¡Maldito sea el orgulloso!
FABIÁN
  ¡Callad! Ahora está absorto. Mirad cómo se infla con sus fi-
  guraciones.
MALVOLIO
  Llevo tres meses casado con ella y, sentado en mi silla con-
  dal...
DON TOBÍAS
  ¡Aquí un tirachinas, que le dé en el ojo!
MALVOLIO
  ... con mi bata de terciopelo rameado, llamo a mis sirvien-
  tes, recién levantado del diván, donde he dejado a Olivia
  durmiendo.
DON TOBÍAS
  ¡Fuego y azufre!
FABIÁN
  ¡Callad, callad!
MALVOLIO
  Entonces ostento señorío y, tras pasar revista formalmente,
  diciéndoles que conozco mi puesto, como espero que ellos
  conozcan el suyo, pregunto por mi pariente Tobías.
DON TOBÍAS
  ¡Hierros y cadenas!
FABIÁN
  ¡Chsss...! ¡Callad! A ver, a ver.

MALVOLIO

Siete de mis hombres se lanzan obedientes a buscarle. Yo, mientras, frunzo el ceño y acaso le doy cuerda a mi reloj, o juego con mi... alguna joya [30]. Tobías se acerca y se inclina ante mí.

DON TOBÍAS

¿Lo dejamos vivo?

FABIÁN

Aunque nos saquen las palabras con torturas, ¡silencio!

MALVOLIO

Le tiendo la mano así, ahogando mi amable sonrisa en austera mirada de mando...

DON TOBÍAS

¿Y Tobías no va a darte en los morros?

MALVOLIO

... y diciendo: «Pariente Tobías, el destino, que me ha unido a Olivia, me habilita para deciros...»

DON TOBÍAS

¿Qué, qué?

MALVOLIO

«... que corrijáis vuestra embriaguez».

DON TOBÍAS

¡Calla, gusano!

FABIÁN

Calma, o el plan se desbarata.

MALVOLIO

«Además, malgastáis vuestro tesoro de tiempo con un caballero bobo...»

DON ANDRÉS

Ese soy yo, seguro.

MALVOLIO

«... un tal don Andrés».

---

[30] Por lo visto, Malvolio se corrige cuando toca su humilde cadena de mayordomo, inadecuada al rango con el que sueña.

DON ANDRÉS
Sabía que era yo, que muchos me llaman bobo.

MALVOLIO [*viendo la carta*]
¿Qué asunto se me ofrece?

FABIÁN
Ya entra el pájaro en la trampa.

DON TOBÍAS
¡Chsss...! ¡Ojalá le dé por leerla en voz alta!

MALVOLIO
¡Por mi vida, es la letra de mi ama! Es su *r, a, j...*, y así son sus *tes*. Sin género de duda, es su letra.

DON ANDRÉS
¿Su *r, a, j*? ¿Qué es eso?

MALVOLIO [*lee*]
«Al amado desconocido, esta carta y mis saludos». — ¡Es su estilo! Con permiso del lacre... ¡Vaya! Con la imagen de Lucrecia [31] que viene en su sello... Es de mi ama. ¿Para quién será?

FABIÁN
Este se la traga entera.

MALVOLIO [*lee*]
      «Dios sabe que amo,
      pero, ¿a quién?
      No os mováis, labios;
      no hablaré».
«No hablaré». ¿Cómo sigue? Aquí cambia el verso. «No hablaré». ¿Serás tú, Malvolio?

DON TOBÍAS
¡Cuélgate, asqueroso!

MALVOLIO [*lee*]
      «Aunque puedo mandar en el que amo,
      el silencio, cuchillo de Lucrecia,

---

[31] La casta matrona romana que se suicidó tras ser violada por Tarquino. Shakespeare cuenta la historia en su poema *The Rape of Lucrece* (*La violación de Lucrecia*).

        incruento el corazón me ha traspasado.
        M.O.A.I. domina mi existencia».

FABIÁN

   Un enigma altisonante.

DON TOBÍAS

   ¡Admirable moza!

MALVOLIO

   «M.O.A.I. domina mi existencia». Primero vamos a ver, vamos a ver.

FABIÁN

   ¡Buen plato de veneno le ha guisado!

DON TOBÍAS

   ¡Y cómo va tras él el gavilán!

MALVOLIO

   «Aunque puedo mandar en el que amo». Claro, ella manda
   en mí, yo la sirvo, es mi ama. Cualquier mente común entiende esto; nada lo obstruye. Y el final... ¿Qué querrá decir
   esta colocación de letras? Si pudiera relacionarla conmigo...
   ¡Espera! «M.O.A.I.».

DON TOBÍAS

   ¡Oh, ay, acláralo! Ha perdido el rastro.

FABIÁN

   Ladrará en cuanto lo huela, aunque apeste como un zorro.

MALVOLIO

   «M.»: Malvolio. «M.». ¡Así empieza mi nombre!

FABIÁN

   ¿No he dicho que lo olería? Este sabe recobrar el rastro.

MALVOLIO

   «M.» Sin embargo, en lo que sigue no hay coherencia que
   resista un examen. Debía seguir la A, no la O.

FABIÁN

   Y espero que acabe en «¡Oh!».

DON TOBÍAS

   Si no, se lo saco a palos.

MALVOLIO

   Y después veo una I.

FABIÁN
¡Ahí! Y si vieras por detrás, verías más chacota a tus espaldas que fortuna por delante.

MALVOLIO
«M.O.A.I.». No veo relación conmigo como antes, aunque, si la fuerzo, cederá, pues todas estas letras están en mi nombre. Espera, que aquí sigue prosa:

[*Lee*] «Si esto cae en tus manos, pondera. Mi estrella me sitúa sobre ti, mas no temas la grandeza. Unos nacen grandes, otros alcanzan la grandeza, y a otros la grandeza se la imponen. Tu Destino te abre los brazos. Acógelo en cuerpo y alma, y, para acostumbrarte a lo que puede venirte, despréndete de tu humilde piel y muéstrate otro. Enfréntate a un pariente y desdeña a los criados. Da voz a tu lengua en asuntos de Estado y acostúmbrate a la singularidad. Te lo aconseja quien suspira por ti. Recuerda quién alabó tus calzas amarillas y quiso verte con ligas cruzadas. Recuérdalo bien. ¡Vamos! Si quieres, ya eres alguien; si no, quédate de mayordomo, compañero de lacayos e indigno de rozar los dedos de Fortuna. Adiós. La que desea cambiar contigo el servicio,

La feliz-infortunada».

Está más claro que la luz y el campo abierto. Es evidente. Seré altivo, leeré libros políticos, deshonraré a don Tobías, me lavaré de amistades humildes, seré cabalmente ese hombre. Y no dejo que me emboben las figuraciones: todo lleva a la certeza de que mi señora me ama. Hace poco elogió mis calzas amarillas y alabó mis piernas por las ligas cruzadas; y aquí revela su amor por mí y, a modo de orden, me conduce a esos hábitos que son de su gusto. Gracias, estrellas, por tanta fortuna. Seré distante, altanero, y llevaré calzas amarillas y ligas cruzadas. Lo antes que pueda ponérmelas. ¡Alabados sean Júpiter y mis estrellas! También hay una posdata.

[*Lee*] «No puedes dejar de saber quién soy. Si aceptas mi amor, demuéstralo en tu sonrisa. Sonreír te favorece, así que sonríe siempre en mi presencia, amado mío, te lo suplico».

Gracias, Júpiter. Sonreiré. Haré todo lo que quieras.

Sale.

FABIÁN

No daría mi parte en esta broma ni por una pensión de millones que pagara el Sha de Persia.

DON TOBÍAS

Por este enredo me casaría con la moza.

DON ANDRÉS

Y yo.

DON TOBÍAS

Y sin pedir más dote que otra broma como esta.

DON ANDRÉS

Yo también.

Entra MARÍA.

FABIÁN

Aquí viene mi noble embaucadora.

DON TOBÍAS

¿Quieres pisarme el cuello?

DON ANDRÉS

¿O, si no, a mí?

DON TOBÍAS

¿Me juego la libertad a los dados y me vuelvo tu esclavo?

DON ANDRÉS

¿O, si no, yo?

DON TOBÍAS

Le has metido en tal sueño que, cuando despierte, se volverá loco.

MARÍA

No, en serio. ¿Le ha hecho efecto?

DON TOBÍAS

Como el aguardiente a una vieja.

MARÍA

Si queréis ver los frutos de la broma, observad cómo se presenta a la señora. Irá a verla con calzas amarillas (color que ella aborrece) y ligas cruzadas (una moda que detesta). Y le sonreirá, lo que, al estar ella entregada a la tristeza, será tan improcedente que por fuerza se llevará una seria reprimenda. Si queréis verlo, seguidme.

DON TOBÍAS

Hasta las puertas del Tártaro, listísimo diablo.

DON ANDRÉS

Voy con vosotros.

Salen.

III.i   *Entran* VIOLA *y* [FESTE] *el bufón.*

VIOLA

Saludos a ti y a tu música. ¿Vives tocando el tamboril?

FESTE

No, señor, tocando la iglesia.

VIOLA

¿Eres sacerdote?

FESTE

Nada de eso, señor. Vivo tocando la iglesia, pues vivo en mi casa, y mi casa está junto a la iglesia.

VIOLA

También podrías decir que el rey vive tocando un mendigo si un mendigo vive cerca de él, o que la iglesia está pegada al tamboril porque este está al lado de la iglesia.

FESTE

Vos lo habéis dicho. ¡Qué tiempos estos! Una frase es un guante de cabritilla para el ingenioso. ¡Qué pronto la vuelve del revés!

VIOLA

Es verdad. Los que sutilizan con palabras muy pronto las pervierten.

FESTE

Por eso quisiera yo que mi hermana no tuviera nombre.

VIOLA

¿Por qué, amigo?

FESTE

Pues porque su nombre es una palabra, y jugar con la palabra podría pervertir a mi hermana. El caso es que la palabra se ha envilecido desde que la deshonraron los contratos.

VIOLA

¿Y por qué razón?

FESTE

La verdad: no puedo daros ninguna sin palabras, y estas se han vuelto tan falsas que me repugna explicar nada con ellas.

VIOLA

Seguro que eres un tipo alegre y no te importa nada.

FESTE

No, señor. Sí que me importa algo, aunque, en confianza, vos no me importáis. Si eso es no importarme nada, señor, ojalá os volviera invisible.

VIOLA

¿No eres el bufón de doña Olivia?

FESTE

No, señor, de veras. Doña Olivia no quiere bobadas hasta que se case, que marido es a bobo como arenque es a sardina: el arenque es sardina, pero más. La verdad: no soy su bufón, sino su corruptor de palabras.

VIOLA

Te vi hace poco en el palacio de Orsino.

FESTE

Señor, los bobos rodean la Tierra igual que el sol: brillan en todas partes. Me apenaría que no estuvieran tanto en la casa de vuestro amo como en la de mi ama. Creo que vi allí a Vuestra Sapiencia.

VIOLA

Bueno, si me atacas, no quiero nada contigo. Espera. [*Dándole una moneda.*] Toma, gástate esto.

FESTE

¡Que en su próximo envío de pelo Júpiter os mande una barba!

VIOLA

De verdad, te juro que suspiro por una barba; [*aparte*] aunque no para que me crezca a mí. — ¿Está tu señora?

FESTE

Señor, ¿no pueden criar dos como esta?

VIOLA

Sí, juntándolas para que produzcan.

FESTE

Yo haría de Pándaro de Frigia para traerle una Crésida a este Troilo [32].

VIOLA

Ya te entiendo, amigo. [*Dándole otra moneda.*] Sabes mendigar.

FESTE

Señor, no creo que sea gran cosa mendigar una mendiga: Crésida era mendiga. Señor, mi ama está en casa. Le explicaré de dónde venís. Quién sois y qué queréis no entra en mi ámbito. Podría decir «entorno», pero el término está muy gastado.

Sale.

VIOLA

El tipo es listo y sabe hacer de bobo,
y hacerlo bien requiere ingenio.

---

[32]   Alusión a la historia de los amantes Troilo y Crésida. Pándaro, tío de Crésida, hizo de alcahuete entre ellos. Shakespeare trató esta historia en su obra *Troilo y Crésida*. Feste insinúa que él también podría hacer que se reunieran Olivia y Viola/Cesario.

Debe medir el humor de aquel con quien bromea,
la calidad de la persona, la ocasión,
y, como el halcón salvaje, estar atento
a la cosa más leve. Su oficio
no es menos laborioso que el del sabio,
pues contenta si hace el bobo sabiamente,
cuando el sabio que hace el bobo desmerece.

Entran DON TOBÍAS *y* DON ANDRÉS.

DON TOBÍAS
Dios os guarde, señor.
VIOLA
Y a vos, señor.
DON ANDRÉS
Dieu vous garde, monsieur.
VIOLA
Et vous aussi. Votre serviteur.
DON ANDRÉS
Espero que lo seáis. Yo lo soy vuestro.
DON TOBÍAS
¿Queréis adentraros en la casa? Mi sobrina está deseosa de
que entréis, si vuestro trato es con ella.
VIOLA
Señor, ella es mi destino; quiero decir, el puerto al que na-
vego.
DON TOBÍAS
Tantead las piernas, señor; dadles movimiento.
VIOLA
Señor, mis piernas alcanzarán cualquier cosa antes que yo
alcance a entender eso de «tantearlas».
DON TOBÍAS
Señor, quiero decir pasar, entrar.
VIOLA
Responderé con mi paso y mi entrada.

Entra OLIVIA *y su doncella* [MARÍA].

Se nos ha adelantado. — Muy excelsa y cumplida señora,
¡que el cielo derrame efluvios sobre vos!
DON ANDRÉS
Excelente cortesano. «Derrame efluvios...» Muy bien.
VIOLA
Señora, mi mensaje sólo tendrá voz para vuestro oído
aprontado y acucioso.
DON ANDRÉS
«Efluvios», «aprontado» y «acucioso». Tendré a punto las tres.
OLIVIA
Cerrad la entrada al jardín y dejadme con mi audiencia.

[*Salen* DON TOBÍAS, DON ANDRÉS *y* MARÍA.]

Vuestra mano, señor.
VIOLA
Mi lealtad, señora, y mi humilde servicio.
OLIVIA
¿Cómo os llamáis?
VIOLA
Cesario se llama vuestro servidor, princesa.
OLIVIA
¿Servidor mío? El mundo se ha vuelto triste
desde que llaman cumplido a la falsa humildad.
Vos servís al duque Orsino, joven.
VIOLA
Él es vuestro servidor, y el suyo ha de serlo vuestro.
Quien sirve al que os sirve, os sirve a vos, señora.
OLIVIA
No pienso en él, y ojalá sus pensamientos
estuvieran vacíos antes que llenos de mí.
VIOLA
Señora, vengo a inclinar en su favor
vuestros nobles pensamientos.

OLIVIA

Permitidme, os lo suplico:
os pedí que no me hablaseis más de él.
Mas, si fuerais a hacerme otra súplica,
preferiría oír vuestro alegato
a la música de las esferas.

VIOLA

Querida señora...

OLIVIA

Perdonad, os lo ruego. Tras el hechizo
que dejasteis en la última visita,
os envié mi anillo, engañándome a mí misma,
a mi criado y me temo que a vos.
Afronto ahora vuestro duro veredicto
por imponeros con astucia deshonrosa
lo que sabíais que no era vuestro. ¿Qué pensaríais?
¿No habéis puesto mi honra en la picota,
azuzando contra ella cualquier pensamiento
que pueda concebir un alma cruel?
Para alguien de vuestro entendimiento, ya basta.
Mi corazón lo oculta un velo, que no un pecho.
Y ahora, hablad.

VIOLA

Os compadezco.

OLIVIA

Es un paso hacia el amor.

VIOLA

Apenas eso: es sabido que a menudo
compadecemos a los enemigos.

OLIVIA

Entonces ya es hora de volver a sonreír.
¡Ah, mundo! ¡Qué fácil le es al pobre ser altivo!
Teniendo que ser presa, ¡cuánto mejor
serlo del león que no del lobo!

Dan las horas.

El reloj me riñe por perder el tiempo.
No temáis, doncel: no sois para mí.
Aunque, cuando hayan madurado juventud e ingenio,
vuestra esposa cosechará un gran hombre.
Tomad la salida, rumbo oeste.

VIOLA

¡Rumbo oeste!
¡Que os acompañen bendiciones y buen ánimo!
Señora, ¿para mi amo no hay mensaje?

OLIVIA

Esperad.
Os lo ruego, decidme qué pensáis de mí.

VIOLA

Que pensáis que no sois lo que sois.

OLIVIA

Si eso pensáis, yo de vos pienso lo mismo.

VIOLA

Estáis en lo cierto: no soy lo que soy.

OLIVIA

Ojalá fuerais el que yo quisiera.

VIOLA

¿Sería algo mejor, señora, de lo que soy?
Ojalá, pues ahora soy vuestro juguete.

OLIVIA [*aparte*]

¡Ah, qué bello es el desprecio
en la ira y el desaire de sus labios!
Amor que se encubre antes se adivina
que un crimen oculto: su noche es el día. —
Cesario, por las rosas de primavera,
por la honra, doncellez, verdad, decencia,
yo te quiero tanto que, aunque seas altivo,
mi amor no lo esconden ni razón ni juicio.
Porque te corteje, no busques pretexto
para razonar que tú no has de hacerlo.
Antes tu razón a razón somete:
si amor pides, bien; mejor, si lo ofrecen.

VIOLA

Lo juro por mi inocencia y mocedad:
tengo un pecho, un corazón, una lealtad;
y de ellos, salvo yo, ninguna mujer
es ahora dueña, ni lo habrá de ser.
Conque, adiós, señora. Ya no vendré nunca
a lloraros penas que a mi amo abruman.

OLIVIA

¡Vuelve! Sólo tú moverías mi ánimo,
y el que ahora detesto podría serme grato.

Salen.

III.ii   *Entran* DON TOBÍAS, DON ANDRÉS *y* FABIÁN.

DON ANDRÉS

¡Que no! No me quedo un minuto más.

DON TOBÍAS

¿Por qué razón, don Furioso?

FABIÁN

Tenéis que decirnos vuestra razón, don Andrés.

DON ANDRÉS

Pues que he visto a vuestra sobrina tratar al criado del duque con más cortesía de la que a mí jamás me ha mostrado.
Lo vi en el jardín.

DON TOBÍAS

¿Y ella os vio entonces, amigo? Decídmelo.

DON ANDRÉS

Igual que yo os veo ahora.

FABIÁN

Eso es prueba evidente de su amor por vos.

DON ANDRÉS

¡Voto a...! ¿Me tomáis por bobo?

FABIÁN

Lo demostraré con lógica, señor, con el juicio y la razón por
testigos.

DON TOBÍAS

Que vienen siendo jurados desde antes que Noé navegara.

FABIÁN

Si trató con cortesía a ese joven en vuestra presencia fue para exasperaros, para despertar vuestro dormido valor, para poner fuego en vuestro pecho y azufre en vuestros hígados. Teníais que haberla abordado, dejando mudo a ese joven con ocurrencias agudas recién salidas del horno. Es lo que se esperaba de vos, y lo dejasteis pasar. Perdisteis el precioso oro de esa oportunidad para caer en el hielo del disfavor de mi ama, del que colgaréis como carámbano en barba de explorador si no os redimís con algún acto loable, sea audaz o político.

DON ANDRÉS

Si hay que elegir, que sea la audacia, pues odio la política. Antes archipuritano que político.

DON TOBÍAS

Entonces erigid vuestra fortuna sobre el cimiento de la audacia. Retad a combate al joven del duque y heridle en once sitios. Mi sobrina se enterará. Tened por cierto que no hay alcahuete que pueda inclinar de vuestro lado a una dama mejor que la fama de valiente.

FABIÁN

No hay más remedio, don Andrés.

DON ANDRÉS

¿Le llevaría el reto alguno de vosotros?

DON TOBÍAS

Vamos, escribidlo con letra marcial. Sed breve y tajante. La agudeza no importa; lo que cuenta es la elocuencia y la inventiva. Zaheridle con la ventaja de la pluma. Tuteadle varias veces; eso le irá bien. Y escribid tantas mentiras como quepan en la hoja, aunque esta dé para cubrir la cama de un gigante. Vamos, a ello. Poned mucha bilis en la tinta, aunque uséis pluma de ganso; eso da igual. ¡En marcha!

DON ANDRÉS

¿Dónde os encuentro?

DON TOBÍAS
Iremos a vuestro aposento. ¡Vamos!

Sale DON ANDRÉS.

FABIÁN
Vuestro caro muñeco, don Tobías.
DON TOBÍAS
Yo sí le he salido caro: unos dos mil ducados.
FABIÁN
Será una carta exquisita. Pero, ¿la entregaréis?
DON TOBÍAS
Perded cuidado. Y provocaré al muchacho a que responda.
Ni tirando con bueyes lograremos acercarlos. Que abran a
don Andrés, y si le encuentran sangre en el hígado para que
se atasque una pulga, me como el resto del cuerpo.
FABIÁN
Y su adversario, ese joven, no lleva fiereza en el semblante.

Entra MARÍA.

DON TOBÍAS
Mirad, aquí viene el gorrioncillo.
MARÍA
Si queréis caeros y troncharos de la risa, seguidme. Ese bobo
de Malvolio se ha vuelto un infiel, un renegado, pues un cris-
tiano que quiera salvarse por la fe verdadera no puede
creerse tonterías tan absurdas [33]. ¡Va con calzas amarillas!
DON TOBÍAS
¿Y con ligas cruzadas?
MARÍA
Del modo más horrendo, como un maestro de escuela pa-
rroquial. Le he estado acechando: obedece punto por punto
las órdenes de la carta que le dejé. De tanto sonreír le salen

---

[33]   Referencia a las «tonterías» que ella le decía en la carta que le preparó.

más rayas en la cara que las que hay en el nuevo mapa-
mundi con las Indias mejor trazadas. No habéis visto nada
igual. Yo apenas puedo resistirme a tirarle cosas. Seguro
que la señora va a pegarle, y, si lo hace, él sonreirá y lo to-
mará por gran favor.

DON TOBÍAS
Vamos, llévanos, llévanos adonde está.

    Salen.

III.iii   *Entran* SEBASTIÁN y ANTONIO.

SEBASTIÁN
No tenía la intención de molestarte,
mas, ya que las molestias te dan gozo,
dejaré de reprenderte.

ANTONIO
No podía quedarme atrás. El deseo,
más agudo que el acero afilado, me empujó.
Y no sólo el deseo de verte (que ya bastaba
para lanzarme a un viaje más largo),
sino el temor por los azares del camino
en un país que, para un extraño como tú
sin guía ni compañero, suele ser
duro e inhóspito. Mi hondo afecto,
impulsado por mis preocupaciones,
me hizo salir en tu busca.

SEBASTIÁN
Mi buen Antonio, no puedo
darte más respuesta que mis gracias,
gracias y más gracias. A veces los servicios
se despachan con esta moneda sin valor,
mas si mi hacienda fuese tan firme como es
mi gratitud, mejor te trataría. ¿Qué hacemos?
¿Vemos los monumentos de esta ciudad?

ANTONIO
   Mañana. Primero encuentra posada.
SEBASTIÁN
   No estoy cansado, y hasta la noche aún falta.
   Te lo ruego, demos gusto a nuestros ojos
   viendo los monumentos y lugares
   que dan fama a esta ciudad.
ANTONIO
   Perdóname, mas no puedo
   arriesgarme a pasear por estas calles.
   Una vez presté servicio en combate naval
   contra los barcos del duque, y tan señalado
   que, si me detuviesen, me lo harían pagar.
SEBASTIÁN
   Supongo que mataste a muchos de sus hombres.
ANTONIO
   Mi culpa no fue tan cruenta, aunque
   tanto la ocasión como el conflicto
   daban pie a una lucha encarnizada.
   Pudimos zanjar esa disputa compensándoles
   cuanto les quitamos, lo que, por el bien del comercio,
   aceptó la mayoría. Sólo yo me negué,
   así que, si llegaran a apresarme,
   me costaría caro.
SEBASTIÁN
   Entonces no te hagas muy visible.
ANTONIO
   No me conviene. Espera, toma mi bolsa.
   La mejor posada es «El Elefante»,
   en el arrabal del sur. Encargaré las comidas,
   mientras tú burlas las horas y nutres tu saber
   visitando la ciudad. Allí me encontrarás.
SEBASTIÁN
   ¿Por qué me das tu bolsa?
ANTONIO
   Quizá te atraiga alguna baratija

y desees comprarla. Tu dinero
no creo que te dé para caprichos.

SEBASTIÁN

Llevaré tu bolsa. Te dejo por una hora.

ANTONIO

En «El Elefante».

SEBASTIÁN

No se me olvida.

Salen.

III.iv   *Entran* OLIVIA *y* MARÍA.

OLIVIA

Le he mandado llamar. Si dice que vendrá,
¿cómo puedo agasajarle? ¿Qué puedo ofrecerle?
La juventud hay que comprarla, que ella no se da.
Estoy hablando muy alto. —
¿Dónde está Malvolio? Es serio y correcto;
un criado muy propio para mi situación.
¿Dónde está Malvolio?

MARÍA

Ya viene, señora, aunque de manera extraña. Seguro que
está poseído.

OLIVIA

¿Qué le pasa? ¿Desvaría?

MARÍA

No, señora, no hace más que sonreír. Más os vale tener un
guardia a mano si se acerca, pues seguro que no está en su
juicio.

OLIVIA

Ve a llamarlo. — Como él estoy de loca
si es igual locura triste que gozosa.

Entra MALVOLIO.

¿Qué hay, Malvolio?

MALVOLIO

Querida señora, ¡ja, ja!

OLIVIA

¿Sonríes? Te mandé llamar para un asunto grave.

MALVOLIO

¿Grave, señora? Yo podía estar grave. Esto de cruzar las ligas obstruye la sangre, pero, ¿qué importa? Si complace a
alguien, para mí es como dice la canción: «Placer de una,
placer de todas».

OLIVIA

Pero, ¿estás bien? ¿Qué te ocurre?

MALVOLIO

No estoy gris de ánimo; sí amarillo de piernas. La carta
cayó en sus manos y las órdenes han de cumplirse. Creo
que conocemos la letra redondita.

OLIVIA

¿Quieres acostarte, Malvolio?

MALVOLIO

«¿Acostarme? Sí, mi amor, contigo iré [34]».

OLIVIA

¡Dios te asista! ¿Por qué sonríes así y estás echando besos?

MARÍA

¿Todo bien, Malvolio?

MALVOLIO

¿Debo responder? Sí: el ruiseñor responde al grajo.

MARÍA

¿Cómo os presentáis a la señora con tan ridícula osadía?

MALVOLIO

«No temas la grandeza». Bien dicho.

OLIVIA

¿Qué quieres decir con eso, Malvolio?

---

[34]   Probablemente, verso de alguna canción popular.

MALVOLIO
«Unos nacen grandes...».
OLIVIA
¿Qué?
MALVOLIO
«Otros alcanzan la grandeza...».
OLIVIA
¿Qué dices?
MALVOLIO
«Y a otros la grandeza se la imponen».
OLIVIA
¡El cielo te sane!
MALVOLIO
«Recuerda quién alabó tus calzas amarillas».
OLIVIA
¿Tus calzas amarillas?
MALVOLIO
«Y quiso verte con ligas cruzadas».
OLIVIA
¿Ligas cruzadas?
MALVOLIO
«¡Vamos! Si quieres, ya eres alguien».
OLIVIA
¿Ya soy alguien?
MALVOLIO
«Si no, quédate de mayordomo».
OLIVIA
Esto sí que es locura de verano.

Entra un CRIADO.

CRIADO
Señora, ha vuelto el paje del duque Orsino. Me ha costado
mucho convencerle. Aguarda vuestras órdenes.
OLIVIA
Voy con él.

[*Sale el* CRIADO.]

María, que se ocupen de este hombre. ¿Dónde está mi tío Tobías? Que algunos de los míos se cuiden expresamente de él:
ni por la mitad de mi dote quisiera que le ocurriese nada.

Sale [*con* MARÍA.]

MALVOLIO

¡Ajá! ¿Ya empiezas a estimarme? Nada menos que don Tobías para ocuparse de mí. Concuerda exactamente con la
carta; me lo manda a propósito para que me ponga duro con
él, pues me incita a ello en la carta. «Despréndete de tu humilde piel», dice ella. «Enfréntate a un pariente, desdeña a
los criados, da voz a tu lengua en asuntos de Estado, acostúmbrate a la singularidad», y después precisa el modo: con
la cara seria, el porte digno, la palabra lenta, vestido como
alguien principal, etcétera. La he atrapado. Pero, como es
obra de Júpiter, que él me vuelva agradecido. Y cuando salía: «Que se ocupen de este hombre». ¡Hombre! No «Malvolio», no según mi puesto, sino «hombre». Todo concuerda,
y no hay sombra de duda, ni sombra de sombra, ni obs-
táculo, circunstancia increíble o ambigua... ¿Qué más decir?
Nada que pueda interponerse entre mí y el pleno alcance de
mis aspiraciones. Bueno, Júpiter lo ha hecho, no yo, y hay
que agradecérselo.

Entran DON TOBÍAS, FABIÁN *y* MARÍA.

DON TOBÍAS

¿Por dónde anda, en nombre de los santos? Aunque en él se
hayan juntado todos los demonios y le posea el mismísimo
Legión[35], he de hablar con él.

---

[35]   Según el Nuevo Testamento (Marcos, 5, 9), nombre del «espíritu in-
mundo» que poseía al endemoniado de Gerasa y cuya contestación a Jesús
fue: «Me llamo Legión, porque somos muchos».

FABIÁN

Aquí está, aquí está. — ¿Cómo estáis, señor?

DON TOBÍAS

¿Cómo estáis, amigo?

MALVOLIO

Marchaos; os despido. Dejadme que goce de mi intimidad. Marchaos.

MARÍA

Oíd cómo resuena el demonio dentro de él. ¿No os lo dije? Don Tobías, la señora os ruega que le tratéis con cuidado.

MALVOLIO

¡Ajá! ¿De verdad?

DON TOBÍAS

Quitad, quitad. ¡Chss...! Hay que tratarle con dulzura. Dejádmelo a mí. — ¿Qué tal, Malvolio? ¿Cómo estáis? ¡Vamos, amigo, desafiad al diablo! Pensad que es el enemigo del hombre.

MALVOLIO

¿Sabéis lo que decís?

MARÍA

¡Mira cómo se lo toma si habláis mal del diablo! Dios quiera que no esté embrujado.

FABIÁN

Que la maga le mire la orina.

MARÍA

Por mi vida que lo hará mañana temprano. La señora no querría perderlo por más que yo qué sé.

MALVOLIO

¿Qué hay, doncella?

MARÍA

¡Dios bendito!

DON TOBÍAS

¡Chss...! ¡Calla! Esa no es manera. ¿No ves que lo excitas? Déjamelo a mí.

FABIÁN

La manera es la dulzura. Suave, suave. El diablo es duro, y no se le trata con dureza.

DON TOBÍAS

¿Qué hay, corazón? ¿Cómo estáis, tesoro?

MALVOLIO

¡Señor!

DON TOBÍAS

Sí, pichón, ven conmigo. ¡Cómo, amigo! No es de hombre digno andar jugando con Satán. ¡Que cuelguen al tiznado!

MARÍA

Que rece sus oraciones, don Tobías. Haced que rece.

MALVOLIO

¿Que rece, descocada?

MARÍA

No, está claro: rechaza todo lo divino.

MALVOLIO

¡Id a ahorcaros todos! ¡Sois unos frívolos, unos vacuos! Yo no soy de vuestra esfera. Os vais a enterar.

Sale.

DON TOBÍAS

¡Será posible!

FABIÁN

Si esto se representara en el teatro, lo condenaría por inverosímil.

DON TOBÍAS

Su espíritu se ha infectado con la broma.

MARÍA

Pues seguidle, que, como salga a la luz, se estropea la broma.

FABIÁN

Le volveremos loco de verdad.

MARÍA

Más tranquila estará la casa.

DON TOBÍAS

Ya está: le metemos atado en un cuarto oscuro. Mi sobrina no duda que esté loco. Podemos tenerle así para gusto nuestro y penitencia suya hasta que la broma nos canse tanto que nos dé lástima. Entonces hacemos que se juzgue nuestro enredo, y tú te encargas de declararle loco. — Mirad, mirad.

Entra DON ANDRÉS.

FABIÁN
Ya tenemos más fiesta.

DON ANDRÉS
Aquí está el desafío. Leedlo. Os juro que lleva pimienta y vinagre.

FABIÁN
¿Es tan agrio?

DON ANDRÉS
Seguro que sí. Leedlo.

DON TOBÍAS
A ver: «Joven, quienquiera que seas, eres un miserable».

FABIÁN
Bueno y valiente.

DON TOBÍAS
«No te admire ni te asombre que te llame así, pues no pienso darte explicación».

FABIÁN
Bien expresado. Así quedáis a salvo de la ley.

DON TOBÍAS
«Vas a ver a doña Olivia, y ella te trata cortésmente en mi presencia. Pero mientes con descaro. Por este motivo no te reto».

FABIÁN
Conciso y excelente... [*aparte*] disparate.

DON TOBÍAS
«Te acecharé a tu regreso y, si allí logras matarme...».

FABIÁN
Bien.

DON TOBÍAS
«... me matarás como un infame y un canalla».

FABIÁN

Os mantenéis al abrigo de la ley. Muy bien.

DON TOBÍAS

«Adiós, y que el cielo se apiade de una de las dos almas. Tal vez se apiade de mí, pero yo espero librarme, así que guárdate. Tu amigo, según me trates, y tu enemigo jurado,

Andrés de Carapálida».

Si no le mueve esta carta, sus piernas no podrán. Yo se la entrego.

MARÍA

Ahora sería buen momento: está de conversación con la señora y saldrá pronto.

DON TOBÍAS

Don Andrés, id a acecharle en la esquina del huerto como un alguacil. En cuanto le veáis, desenvainad; hacedlo blasfemando, pues suele ocurrir que una gran blasfemia, resonando en un tono fanfarrón, da más fama de valiente que la que podríais ganaros peleando. ¡Vamos!

DON ANDRÉS

Por lo de blasfemar, perded cuidado.

Sale.

DON TOBÍAS

No pienso entregar esta carta: la conducta del joven caballero demuestra inteligencia y buena crianza, y su mediación entre su amo y mi sobrina lo confirma. Así que esta carta, prodigio de torpeza, no le infundirá ningún miedo: verá que la ha escrito un zoquete. No, le haré saber el desafío de viva voz, encareciéndole la valentía de don Andrés e inspirando en este joven (que por sus años lo creerá) una idea aterradora de su ira, destreza, furor e impetuosidad. Esto asustará tanto a los dos que se matarán entre sí con la mirada, igual que los basiliscos.

Entran OLIVIA *y* VIOLA.

FABIÁN

    Aquí viene con vuestra sobrina. Dejadlos hasta que él salga
    y entonces id tras él.

DON TOBÍAS

    Mientras, pensaré en palabras terribles para el reto.

            [*Salen* DON TOBÍAS, FABIÁN *y* MARÍA.]

OLIVIA

    Le he dicho demasiado a un corazón de piedra,
    arriesgando mi honra incautamente.
    Hay algo en mí que me reprocha mi error,
    mas mi error es tan tenaz y vigoroso
    que se burla de reproches.

VIOLA

    Las penas de mi amo se comportan
    de igual modo que las vuestras.

OLIVIA

    Toma, lleva esta medalla; es mi retrato.
    No me lo niegues: no tiene voz para enojarte.
    Y, te lo suplico, vuelve mañana.
    ¿Qué puedes pedirme que yo no te dé
    sin exponer al descrédito mi honra?

VIOLA

    Sólo esto: vuestro amor a Orsino.

OLIVIA

    ¿Cómo puedo darle honrosamente
    lo que ya te he dado a ti?

VIOLA

    Os lo devuelvo.

OLIVIA

    Adiós, vuelve mañana. Demonio eres,
    y capaz de que mi alma se condene.

            [*Sale.*]
            Entran DON TOBÍAS *y* FABIÁN.

DON TOBÍAS

Dios os guarde, caballero.

VIOLA

Y a vos, señor.

DON TOBÍAS

Las defensas que tengáis, aprestadlas. Qué agravios le habréis hecho, yo no sé, pero vuestro perseguidor, lleno de saña y cual perro sanguinario, os espera al final del huerto. Desnudad el hierro, preparaos presto, que vuestro atacante es rápido, experto y mortal.

VIOLA

Os equivocáis, señor. Estoy seguro de que nadie tiene ninguna disputa conmigo. En mi memoria no hay recuerdo de ofensa contra nadie.

DON TOBÍAS

Al contrario, os lo aseguro. Así que, si tenéis en algo vuestra vida, poneos en guardia, que vuestro rival posee toda la fuerza, juventud, destreza y furia de que pueda estar dotado un hombre.

VIOLA

Decidme, señor, ¿quién es?

DON TOBÍAS

Uno que fue armado caballero de salón con una espada virgen, pero un diablo en la pelea. Cuerpos y almas ya lleva divorciados tres, y ahora mismo su rabia es tan atroz que sólo pueden aplacarla las ansias de la muerte y del sepulcro. Su lema es «Toma o daca».

VIOLA

Volveré a casa y le pediré una escolta a la señora. No soy luchador. He oído hablar de cierta clase de hombres que provocan a otros a propósito para medir su valor. Este será de la misma cuerda.

DON TOBÍAS

No, señor. Su indignación tiene base suficiente, así que en marcha y dadle satisfacción. A la casa no volvéis, a no ser que busquéis conmigo lo que sería tan mortal como con él;

conque adelante, o desenvainad vuestra espada, que de luchar no os libráis, o dejaréis de ceñir hierro.

VIOLA

Esto es tan descortés como asombroso. Os lo ruego, ha-
cedme la merced de preguntarle al caballero en qué le he
agraviado. Tal vez fuese por descuido, no por voluntad.

DON TOBÍAS

Muy bien. *Signor* Fabián, quedaos con este caballero hasta
que vuelva.

Sale.

VIOLA

Os lo ruego, ¿sabéis algo del asunto?

FABIÁN

Sé que el caballero está furioso con vos y que quiere un
duelo a muerte; las circunstancias las ignoro.

VIOLA

¿Queréis decirme qué clase de hombre es?

FABIÁN

Por su aspecto no es la gran promesa que podéis ver cuando
pelea. La verdad, señor: es el rival más diestro, mortal y
sanguinario que podáis toparos en Iliria. ¿Vamos a su encuentro? Si puedo, intentaré poner paz.

VIOLA

Os lo agradeceré mucho. Soy de los que prefieren el sacerdote al guerrero, y me da igual que no me tengan por valiente.

Salen.
Entran DON TOBÍAS y DON ANDRÉS.

DON TOBÍAS

¡Pero si es el demonio! Nunca he visto a uno tan bravo.
Tengo un encuentro con él (espada, vaina y todo), y me da
una estocada tan mortal que era imparable; y, si contraa-

taca, su golpe es tan infalible como tus pies al pisar el suelo.
Dicen que ha sido espadachín del Sha de Persia.

DON ANDRÉS

¡Maldita sea! Con este no me bato.

DON TOBÍAS

Sí, pero no hay quien le aplaque. Fabián apenas si puede retenerle.

DON ANDRÉS

¡Mala peste! Si sé que es tan bravo y tan diestro con la espada, antes le parta un rayo que yo le desafíe. Si deja correr
la cosa, le regalo mi caballo, Capuleto Gris.

DON TOBÍAS

Lo intentaré. Quedaos aquí, tened ánimo, y todo acabará sin
perdición de almas. — [*Aparte*] Y llevaré tu caballo tan bien
como te llevo a ti.

Entran FABIÁN *y* VIOLA.

[*Aparte a* FABIÁN] Tengo su caballo para pactar la disputa.
Le he convencido de que el joven es un demonio.

FABIÁN [*aparte a* DON TOBÍAS]

Y este está obsesionado con él. Jadea y palidece como si le
persiguiera un oso.

DON TOBÍAS [*a* VIOLA]

No hay remedio, señor. Luchará con vos, pues lo ha jurado.
Claro, que ha ponderado los motivos y ahora cree que apenas los había. Así que desenvainad para que él cumpla el juramento: promete no haceros daño.

VIOLA [*aparte*]

¡Dios me ampare! Por poco les diría que no soy hombre.

FABIÁN

Si le veis furioso, retiraos.

DON TOBÍAS

Venid, don Andrés; no hay remedio. Por su honor el caballero quiere un asalto: se lo exige el código. Pero, a fuer de

caballero y de soldado, me ha prometido no haceros daño.
¡Vamos, a ello!

DON ANDRÉS
¡Ojalá cumpla su palabra!

VIOLA [*aparte a* DON ANDRÉS]
Os aseguro que es contra mi voluntad.

[*Desenvainan.*]
Entra ANTONIO.

ANTONIO [*a* DON ANDRÉS]
¡Envainad! Si este joven caballero
os ha ofendido, yo respondo por él.
Si le ofendisteis vos, yo por él os desafío.

DON TOBÍAS
¿Vos, señor? ¿Y quién sois vos?

ANTONIO [*desenvainando*]
Alguien que por su afecto a más se atreve
de lo que él jamás podrá jactarse.

DON TOBÍAS [*desenvainando*]
Pues si sois duelista, aquí me tenéis.

Entran GUARDIAS.

FABIÁN
¡Alto, don Tobías, que vienen los guardias!

DON TOBÍAS [*a* ANTONIO]
En seguida estoy con vos.

VIOLA [*a* DON ANDRÉS]
Envainad, señor, os lo suplico.

DON ANDRÉS
Sí, claro. Y de lo que os prometí, tenéis mi palabra: el caballo es cómodo y responde a las riendas.

GUARDIA 1.º
Es este. Cumple con tu deber.

GUARDIA 2.º

Antonio, os detengo por orden
del duque Orsino.

ANTONIO

Me confundís, señor.

GUARDIA 1.º

Nada de eso. Conozco bien vuestra cara,
aunque no llevéis gorro marinero.
Llévatelo; él sabe que le conozco.

ANTONIO

He de obedecer. — [A VIOLA] Esto es por buscarte.
Pero no hay remedio; tendré que responder.
¿Qué harás tú, ahora que la necesidad
me obliga a reclamarte mi bolsa?
Más me inquieta lo que no puedo hacer por ti
que lo que vaya a ocurrirme. Te veo asombrado.
Ten ánimo.

GUARDIA 2.º

Vamos, en marcha.

ANTONIO

Necesito algo de ese dinero.

VIOLA

¿Qué dinero, señor?
Por la gran merced que me habéis hecho
y movido por vuestra desventura,
de mis pobres y exiguos recursos
os he de prestar algo. No es mucho lo que tengo,
mas con vos he de compartirlo.
Tomad la mitad de mi dinero.

ANTONIO

¿Ahora te niegas?
¿Es posible que todos mis favores
no puedan convencerte? No tientes mi penuria,
no sea que me vuelvas tan infame
que te reproche todas las cortesías
que te haya hecho.

VIOLA

No sé de ninguna,
ni os conozco por la voz ni la apariencia.
Odio la ingratitud de un hombre
más que la mentira, la jactancia, la embriaguez
o cualquier otra mancha de vicio
que aqueje nuestra carne.

ANTONIO

¡Dios del cielo!

GUARDIA 2.º

Vamos ya, en marcha.

ANTONIO

Dejadme decir algo. A medio devorar
saqué a este joven de las fauces de la muerte,
le socorrí con mi cariño más devoto
y su imagen adoré, pues creí
que merecía toda reverencia.

GUARDIA 1.º

¿Y a nosotros, qué? El tiempo corre. ¡Vamos!

ANTONIO

¡Ah! ¡Qué ídolo tan vil es este dios!
Sebastián, has deshonrado tu apostura.
No hay peor imperfección que la del alma:
la ingratitud es más fea que cualquier lacra.
Virtud es belleza, mas los bellos viles
son cuerpos vacíos que el diablo viste.

GUARDIA 1.º

Se ha vuelto loco. ¡Fuera con él! Vamos, vamos ya.

ANTONIO

Llevadme.

Sale [*llevado por los* GUARDIAS].

VIOLA [*aparte*]

A juzgar por la emoción de sus palabras,
siente lo que dice, mas creo que se engaña.

¡Ah, que mi presentimiento no sea falso
si me tomaban por ti, querido hermano!

DON TOBÍAS

Venid, caballero; venid, Fabián. Vamos a susurrarnos un par
de aforismos [36].

VIOLA

Me llamó Sebastián. Mi espejo me enseña
su vivo retrato: mi hermano así era,
con este semblante, vestía de esta forma,
con este color, llevaba esta ropa,
pues yo le imitaba. Si no es ilusión,
tormentas y olas traen vida y amor.

[*Sale.*]

DON TOBÍAS

Un muchacho indigno, ignominioso; más cobarde que una
liebre. Demuestra su ignominia negando a su amigo y de-
jándole sin nada. Y de su cobardía, preguntad a Fabián.

FABIÁN

Un ferviente cobarde, devoto de cobardías.

DON ANDRÉS

¡Voto a...! Pues voy tras él y le pego.

DON TOBÍAS

Eso, dadle de bofetadas, pero no desenvainéis.

DON ANDRÉS

¡Si yo no le...!

[*Sale.*]

FABIÁN

Venid. Veamos lo que ocurre.

---

[36]   Seguramente, alusión a los dos pareados de tono aforístico que dice
Antonio antes de ser llevado por los guardias.

DON TOBÍAS
Me apuesto lo que sea a que no pasa nada.

Salen.

IV.i   *Entran* SEBASTIÁN y [FESTE] *el bufón.*

FESTE
¿Pretendéis hacerme creer que no me han mandado bus-
caros?
SEBASTIÁN
Calla, calla; no eres más que un tonto.
Déjame en paz.
FESTE
¡Qué bien aguantáis! No, si no os conozco, ni vengo de
parte de mi ama para que vayáis a verla; ni tampoco os lla-
máis Cesario; ni esta nariz es mía. Nada es lo que es.
SEBASTIÁN
Te lo ruego, exhala tu tontuna en otro sitio.
No nos conocemos.
FESTE
¡Que exhale mi tontuna! Este le ha oído la expresión a al-
guien importante y ahora se la aplica a un bufón. ¡Que exhale
mi tontuna! Me temo que este mundo tan ramplón se volverá
un remilgado. Os lo ruego, relajad vuestra distancia y de-
cidme qué puedo exhalarle a mi ama. ¿Le exhalo que venís?
SEBASTIÁN
Anda, payaso, déjame ya.
Aquí tienes dinero; si persistes,
la paga será peor.
FESTE
¡Eso es abrir la mano! El listo que da dinero a un tonto
acaba con buena fama... tras pagar catorce años.

Entran DON ANDRÉS, DON TOBÍAS y FABIÁN.

DON ANDRÉS
Ya os he encontrado. ¡Tomad esta!

[*Abofetea a* SEBASTIÁN.]

SEBASTIÁN
Pues toma tú esta, y esta, y esta.
¿Aquí están todos locos?
DON TOBÍAS
Alto, señor, u os lanzo vuestra espada sobre la casa.
FESTE
Corro a contárselo a mi ama. No estaría en vuestra piel por
dos centavos.

[*Sale.*]

DON TOBÍAS
Venid, señor. ¡Quieto!
DON ANDRÉS
No, dejadle en paz. Le atacaré de otro modo: le demandaré
por agresión si hay justicia en Iliria. Yo le pegué primero,
mas no importa.
SEBASTIÁN
¡No me sujetéis!
DON TOBÍAS
Vamos, señor: no pienso soltaros. Vamos, soldadito, envai-
nad el hierro. Ya os habéis lucido. ¡Vamos!
SEBASTIÁN
¡Suéltame ya! — ¿Y ahora qué quieres?
Si te atreves a seguir, desenvaina.
DON TOBÍAS
Vaya, vaya. Pues tendré que sacar alguna onza de tu sangre
insolente.

[*Desenvaina.*]
Entra OLIVIA.

OLIVIA

   ¡Quieto, Tobías! ¡Por vuestra vida os lo ordeno!

DON TOBÍAS

   Señora...

OLIVIA

   ¿Siempre ha de ser así? ¡Torpe desgraciado!

   Digno de los montes y cavernas,

   donde no enseñan modales. ¡Fuera de mi vista! —

   No te dejes ofender, buen Cesario. —

   ¡Fuera ya, salvaje!

       [*Salen* DON TOBÍAS, DON ANDRÉS y FABIÁN.]

   Te lo ruego, buen amigo,

   haz que impere tu prudencia, y no tu ardor,

   en este asalto tan injusto e incivil

   contra tu paz. Ven conmigo a la casa,

   que voy a contarte los inútiles enredos

   que se ha inventado ese bárbaro, y entonces

   todo esto te hará sonreír. Insisto en que vengas.

   No, no me lo niegues. ¡Por su perdición,

   que asustó en tu persona a mi corazón!

SEBASTIÁN [*aparte*]

   ¿Tiene esto sentido? ¿Qué curso ha tomado?

   Si yo no estoy loco, es que estoy soñando.

   Que la imaginación me hunda en el Leteo[37];

   si esto es soñar, siga yo durmiendo.

OLIVIA

   Te lo ruego, ven. Ojalá obedezcas.

SEBASTIÁN

   Señora, obedezco.

OLIVIA

       ¡Ah, dilo y así sea!

     Salen.

---

[37] En la mitología griega, río del olvido.

IV.ii   *Entran* MARÍA *y* [FESTE] *el bufón.*

MARÍA

Anda, ponte esta capa y esta barba. Hazle creer que eres
don Topacio el cura. Vamos, rápido. Mientras, llamaré a don
Tobías.

[*Sale.*]

FESTE

Me las pondré y me disfrazaré con ellas. Ojalá fuese el primero en fingir bajo capa de cura. Para sacerdote no doy la talla, y para parecer un sabio no estoy tan flaco, pero que te lla-
men hombre honrado y hospitalario suena igual de bien que
hombre preocupado o sabio ilustre. Aquí vienen los cómplices.

Entran DON TOBÍAS [*y* MARÍA].

DON TOBÍAS

Júpiter os bendiga, maese cura.

FESTE

Bonos dies, don Tobías. Así como el viejo ermitaño de Praga
que nunca vio pluma o tinta le decía sabiamente a una sobrina
del rey Gorboduc «Lo que es, es», así yo, siendo el cura, soy
el cura, pues, ¿qué es *lo que* sino *lo que*, y *ser* sino *ser*?[38].

DON TOBÍAS

A él, don Topacio.

FESTE

¡Eh, oigan! Dios bendiga esta cárcel.

DON TOBÍAS

El muy pillo lo hace bien. Buen pillo.

MALVOLIO [*dentro*]

¿Quién llama?

---

[38]   Gorboduc, legendario rey británico, es el protagonista de una tragedia
epónima de Thomas Sackville y Thomas Norton, de 1562. Por lo demás,
Feste continúa con su inventada pseudociencia (véanse págs. 163 y 178, y notas 9 y 20, respectivamente).

FESTE

Don Topacio el cura, que viene a visitar a Malvolio el lunático.

MALVOLIO

Don Topacio, don Topacio, mi buen don Topacio, id con mi
señora.

FESTE

¡Fuera, hiperbólico demonio! ¿Cómo atormentas a este
hombre? ¿Sólo hablas de *señoras*?

DON TOBÍAS

Bien dicho, maese cura.

MALVOLIO

Don Topacio, jamás agraviaron tanto a un hombre. Mi buen
don Topacio, no creáis que estoy loco. Me han encerrado en
la horrible tiniebla.

FESTE

¡Malhaya el nefando Satanás! Te llamo por los nombres
más suaves, pues soy uno de esos mansos que tratan al demonio con dulzura. ¿Dices que el cuarto es oscuro?

MALVOLIO

Como el infierno, don Topacio.

FESTE

¡Pero si tiene miradores transparentes como muros y las cla-
raboyas del norte-sur son tan radiantes como el ébano! ¿Y
te quejas de oclusión?

MALVOLIO

No estoy loco, don Topacio; os digo que es un cuarto oscuro.

FESTE

Yerras, demente. Te digo que no hay más oscuridad que la
ignorancia, en la que ahora estás más perplejo que los egip-
cios en su niebla [39].

---

[39] Según la Biblia (Éxodo, 10, 22), una de las plagas de Egipto fue una
«densa oscuridad» que envolvió el país durante tres días.

MALVOLIO

Os digo que este cuarto es más oscuro que la ignorancia,
aunque esta fuese más oscura que el infierno, y os digo
que nunca maltrataron así a un hombre. No estoy más
loco que vos. Ponedme a prueba con cualquier cuestión
racional.

FESTE

¿Cuál es la opinión de Pitágoras respecto a las aves?

MALVOLIO

Que el alma de nuestra abuela podría alojarse en un pájaro.

FESTE

¿Y qué opinas de su opinión?

MALVOLIO

Opino que el alma es noble, y no comparto su opinión.

FESTE

Adiós. Permanece en la tiniebla. Antes que te dé por
cuerdo compartirás la opinión de Pitágoras y temerás matar a una perdiz por miedo a desahuciar el alma de tu
abuela. Adiós.

MALVOLIO

¡Don Topacio, don Topacio!

DON TOBÍAS

¡Mi excelso don Topacio!

FESTE

Navego por cualquier mar.

MARÍA

Lo habrías hecho sin barba ni capa: no te ve.

DON TOBÍAS

Ahora, a él con tu propia voz, y hazme saber cómo responde. Ojalá acabe bien esta burla. Si pudiéramos soltarle
sin riesgos, mejor: tengo tan disgustada a mi sobrina que
sería una imprudencia llevar la broma hasta el final. Ven
pronto a mi cuarto.

Sale [*con* MARÍA].

FESTE [*canta*]
> ¡Eh, Robin, caro Robin!
> Dime cómo está tu amada[40].

MALVOLIO
> ¡Bufón!

FESTE [*canta*]
> ¡Pardiez, mi amada es muy cruel!

MALVOLIO
> ¡Bufón!

FESTE [*canta*]
> ¿Por qué lo había de ser?

MALVOLIO
> ¡Oye, bufón!

FESTE [*canta*]
> Porque ama a otro... —
> ¿Quién llama, eh?

MALVOLIO
> Buen bufón, si quieres congraciarte conmigo, tráeme una
> vela, pluma, tinta y papel. Palabra de caballero que te estaré
> agradecido de por vida.

FESTE
> ¡Maese Malvolio!

MALVOLIO
> Sí, buen bufón.

FESTE
> ¡Ay de mí! ¿Cómo habéis perdido el juicio?

MALVOLIO
> Bufón, jamás maltrataron tan notoriamente a un hombre.
> Estoy tan cuerdo como tú, bufón.

FESTE
> ¿Sólo como yo? Pues si no tenéis más juicio que un bufón,
> estáis loco perdido.

---

[40]   Feste canta aquí parte de un canon de la época. Véanse nota y partitura
en el Apéndice, págs. 258 y 262.

MALVOLIO

Me tratan como un mueble, me encierran a oscuras, me mandan curas tontos y hacen todo lo posible para que pierda el juicio.

FESTE

Cuidado con las palabras, que el cura está aquí. — [*Imitando a don Topacio*] Malvolio, Malvolio, que Dios te devuelva el juicio. Intenta dormir y déjate de cháchara.

MALVOLIO

¡Don Topacio!

FESTE

No hables con él, amigo. — [*Con su voz*] ¿Quién, yo, señor? No, no, señor. Quedad con Dios, don Topacio. — [*Imitando a don Topacio*] Eso, amén. — [*Con su voz*] Sí, sí, lo haré.

MALVOLIO

¡Bufón, bufón, oye, bufón!

FESTE

Calma, señor. ¿Qué queréis? Me riñen por hablar con vos.

MALVOLIO

Buen bufón, tráeme una vela y papel. Te digo que estoy tan cuerdo como el que más en Iliria.

FESTE

¡Ah, ojalá lo estuvierais!

MALVOLIO

Te juro que lo estoy. Buen bufón, tráeme tinta, papel y una vela, y el mensaje llévaselo a la señora. Te será de más provecho que haber entregado cualquier otro.

FESTE

Os ayudaré. Pero decidme la verdad. ¿De veras no estáis loco, o es que estáis fingiendo?

MALVOLIO

No estoy loco, créeme. Te digo la verdad.

FESTE

No, yo nunca creeré a un loco hasta que le vea el seso. Os traigo vela, papel y tinta.

MALVOLIO

Bufón, te recompensaré en el máximo grado. Vamos, vete ya.

FESTE [*canta*]

      Me voy, señor,
      y pronto, señor,
      yo con vos volveré,
      y veloz,
      como el viejo bufón,
      os voy a atender,
      quien, con daga de palo,
      en su fiero arrebato,
      va y le grita al demonio
      hecho una furia:
      «¿Te limo las uñas?
      Adiós, buen demonio [41]».

       Sale.

IV.iii   *Entra* SEBASTIÁN.

SEBASTIÁN

Esto es el aire, ahí está el sol radiante;
ella me dio esta perla: la toco y la veo.
Aunque me invade el asombro, bien sé
que no es locura. Pero, ¿dónde está Antonio?
No le he encontrado en «El Elefante»,
aunque allí me dijeron que había estado
y que me buscaba por toda la ciudad.
Ahora su consejo valdría su peso en oro,
pues, aunque mi razón y mis sentidos coinciden

---

[41]   No se conserva la melodía original de esta canción.

en que aquí hay algún error, mas no demencia,
este accidente y golpe de fortuna
a tal punto rebasa precedentes y argumentos
que estoy por no dar crédito a mis ojos
y disputar con mi razón, que me conduce
a creer cualquier cosa, menos que estoy loço
o que lo está la dama; mas, si estuviera loca,
no podría regir su casa, mandar en sus criados,
llevar y resolver asuntos
con el tacto, sosiego y discreción
que le he observado. En todo esto hay
algo engañoso. Pero aquí viene la dama.

Entran OLIVIA *y un* SACERDOTE.

OLIVIA

No me acuses de premura. Si tu propósito
es honrado, vamos con este santo varón
a la capilla cercana. Allí, ante él,
y bajo el techo consagrado,
me harás firme promesa de matrimonio
y mi alma insegura y recelosa
vivirá en paz. Él guardará el secreto
hasta que tú desees que se conozca,
y entonces celebraremos nuestro enlace
según mi rango. ¿Qué respondes?

SEBASTIÁN

Con vos y con este santo hombre iré
y, tras mi promesa, siempre os seré fiel.

OLIVIA

Llevadnos, buen padre. Que el cielo sonría
y luzca benigno ante esta acción mía.

Salen.

V.i   *Entran* [FESTE] *el bufón y* FABIÁN.

FABIÁN
   Si bien me quieres, déjame ver esa carta.
BUFÓN
   Maese Fabián, concededme vos un ruego.
FABIÁN
   El que sea.
BUFÓN
   Que no me pidáis la carta.
FABIÁN
   Eso es como regalar un perro y, en compensación, pedir que
   lo devuelvan.

> *Entran el* DUQUE [ORSINO], VIOLA, CURIO *y*
> *nobles.*

ORSINO
   ¿Pertenecéis a doña Olivia, amigos?
FESTE
   Sí, señor; somos parte de sus adornos.
ORSINO
   Ahora te conozco. ¿Cómo estás, buen amigo?
FESTE
   La verdad, señor, mejor por mis enemigos y peor por mis
   amigos.
ORSINO
   Al contrario; mejor por tus amigos.
FESTE
   No, señor; peor.
ORSINO
   ¿Cómo se explica?
FESTE
   Pues, señor, porque, alabándome, me dejan como un tonto.
   Pero mis enemigos me dicen claramente que soy tonto, así
   que me hacen progresar en el conocimiento de mí mismo, y

mis amigos me engañan; así que, equiparando las conclusiones con los besos, si cuatro negativos hacen dos afirmati-
vos[42], estoy peor por mis amigos y mejor por mis enemigos.

ORSINO

¡Magnífico!

FESTE

No, de veras que no, aunque os agrade ser de mis amigos.

ORSINO

Por mí no estarás peor: toma una moneda.

FESTE

Salvo que pudiera ser doblez, podíais doblarla.

ORSINO

¡Ah, me das mal consejo!

FESTE

Por una vez, señor, guardaos la virtud y seguid lo que os
pide el cuerpo.

ORSINO

Bueno, pecaré de doblez; toma otra.

FESTE

Primo, secundo, tertio es un buen juego; y, como dice el re-
frán, a la tercera va la vencida; un tiempo de tres va bien
para el baile; o, como os recordarán las campanas de San
Benedicto: un, dos, tres.

ORSINO

Esta vez no vas a sacarme más dinero, pero si haces saber a
tu ama que he venido a hablar con ella y la traes aquí contigo, tal vez se me despierte la generosidad.

FESTE

Entonces, señor, nana, nanita hasta mi vuelta. Me voy, señor; no querría que pensarais que mi deseo de tener es el

---

[42]   Es decir, así como dos negaciones afirman y, por tanto, cuatro negaciones hacen dos afirmaciones, así, cuando a una muchacha se le pide un
beso y responde «no, no, no, no», sus cuatro negaciones pueden entenderse
como «sí, sí». El símil de Feste trata de mostrar cómo una cosa puede con-
vertirse en su contraria.

pecado de codicia. Pero, como decís, que vuestra generosidad se eche una siesta, que pronto la despertaré.

> *Sale.*
> *Entran* ANTONIO *y* GUARDIAS.

VIOLA

Señor, este es el hombre que me defendió.

ORSINO

Recuerdo bien su cara, mas la última
vez que la vi, estaba más tiznada
que la de Vulcano con el humo de la guerra.
Era capitán de un barco muy pobre,
de poco calado y mísero casco;
con él se enfrentó tan ferozmente
al más noble bajel de nuestra escuadra
que hasta las voces del odio y la derrota
proclamaban su fama y honor. ¿Qué ha hecho?

GUARDIA 1.º

Orsino, este es aquel Antonio
que apresó al *Fénix* y su carga de Candía;
el mismo hombre que abordó al *Tigre*
cuando perdió una pierna vuestro sobrino Tito.
Aquí, en la calle, despreocupado y temerario,
lo hemos sorpendido en una riña.

VIOLA

Señor, me defendió con su espada cortésmente,
aunque al final me habló de un modo extraño.
No sé qué pudo ser sino demencia.

ORSINO

Afamado pirata, ladrón de los mares,
¿qué temeridad te ha dejado en manos
de quienes convertiste en enemigos
con tanta sangre y dolor?

ANTONIO

Orsino, noble señor,
permitidme que rechace esos nombres.

Antonio nunca fue pirata ni ladrón,
aunque sí, con base y motivos suficientes,
enemigo vuestro. Me atrajo aquí un hechizo.
A ese joven tan ingrato que ahora os acompaña
le salvé de las fauces espumosas
del mar enfurecido; estaba hecho una ruina.
Le di la vida, añadiéndole
un afecto ilimitado y sin reserva,
con mi consagración más absoluta.
Por él me expongo, sólo por afecto,
a los peligros de una ciudad hostil,
le defiendo a espada cuando le acometen
y, cuando me arrestan, no quiere
compartir ningún peligro, su perfidia
le conduce a negarme innoblemente
y, en un soplo, se convierte en alguien
que no me viera en veinte años y me niega
mi dinero, que, ni media hora antes,
le había dejado para usarlo.

VIOLA

¿Cómo es posible?

ORSINO

¿Cuándo llegó a la ciudad?

ANTONIO

Hoy, mi señor; los últimos tres meses
estuvimos juntos día y noche,
sin intervalo ni hueco de un minuto.

Entran OLIVIA *y acompañamiento.*

ORSINO

Aquí viene Olivia: el cielo pisa la tierra. —
Y tú, amigo, lo que dices es locura:
en estos tres meses este joven me ha servido.
Ahora hablaremos. — Lleváoslo aparte.

OLIVIA

    ¿Qué desea mi señor que le pueda dar Olivia,
    menos lo que no puede alcanzar? —
    Cesario, no has cumplido tu promesa.

VIOLA

    Señora...

ORSINO

    Regia Olivia...

OLIVIA

    ¿Qué dices, Cesario? — Mi señor...

VIOLA

    Mi señor desea hablaros. Mi deber es callar.

OLIVIA

    Si es la misma cantinela, mi señor,
    será tan repulsiva a mis oídos
    como el aullar después de música.

ORSINO

    ¿Aún tan cruel?

OLIVIA

    Aún tan firme.

ORSINO

    ¿Hasta la perversidad? Áspera señora,
    en cuyo altar adverso e ingrato
    mi alma os ha hecho las más fieles ofrendas
    que mostró el fervor, ¿qué voy a hacer?

OLIVIA

    Lo que estime mi señor que le conviene.

ORSINO

    Si tuviera valor, ¿no debería,
    como el ladrón egipcio en peligro de muerte,
    matar lo que amo?[43]. Son celos salvajes
    que a veces rezuman nobleza. Mas oídme:

---

[43] Alusión a una novela de Heliodoro de Emesa, escritor griego del siglo III, en la que el jefe de unos ladrones, viéndose en peligro de muerte, intenta matar a su amada para que no se la lleve otro.

ya que así desestimáis mi fidelidad
y pues creo que conozco el instrumento
que en favor vuestro me disloca de mi sitio,
vivid siempre cual tirana de pecho marmóreo.
Pero a este vuestro favorito, a quien amáis,
y al que, lo juro, yo tengo un gran cariño,
voy a arrancarle de la cruel mirada
en que, por desairarme, le habéis entronizado. —
Ven, muchacho; mi ánimo está presto a la maldad.
Al cordero sacrifico, aunque le quiero,
en desaire a una paloma que es un cuervo.

VIOLA

Y yo gozoso, dispuesto y de buen grado,
sufriré mil muertes por tranquilizaros.

OLIVIA

¿Dónde va Cesario?

VIOLA

                              Con él, al que quiero
más que a mis ojos, mucho más que a mi vida,
mucho más que amar a esposa yo podría.
Testigos de lo alto, si esto es fingimiento,
castigad mi vida por manchar mi afecto.

OLIVIA

¡Ay, abandonada! ¡Cómo me ha engañado!

VIOLA

¿Quién os ha engañado? ¿Quién os ha hecho ultraje?

OLIVIA

¿Y ahora te insolentas? ¿Tanto tiempo hace?
¡Llamad al sacerdote!

ORSINO

                              ¡Vamos, en marcha!

OLIVIA

¿Adónde, señor? — ¡Esposo, aguarda!

ORSINO

¿Esposo?

OLIVIA
                    Sí, esposo. ¿Lo va a negar?

ORSINO
    ¿Tú su esposo?

VIOLA
                    No, mi señor, no es verdad.

OLIVIA
    ¡Ah! Es ese miedo tan ruin
    lo que te hace negar tu identidad.
    No temas, Cesario; acepta tu fortuna.
    Sé lo que tú sabes que eres, y podrás ser
    tan grande como lo que temes.

                Entra el SACERDOTE.

    ¡Bienvenido, padre!
    Padre, os suplico por vuestra reverencia,
    y aunque pensábamos mantener en secreto
    lo que los hechos han adelantado,
    que digáis lo que sabéis que ha habido
    hace muy poco entre este joven y yo.

SACERDOTE
    Un contrato indisoluble de amor eterno
    confirmado por la unión de vuestras manos,
    afianzado por un santo beso en vuestros labios,
    reforzado por el cambio de vuestros anillos
    y todo el ritual de vuestra alianza,
    que he sellado como testigo y sacerdote.
    Desde entonces, mi reloj dice que apenas
    he avanzado dos horas hacia mi sepultura.

ORSINO [*a* VIOLA]
    ¡Ah, falso cachorro! ¿Cómo serás
    cuando el tiempo te siembre de canas?
    Puede que antes tu astucia te esclavice
    y tu propia zancadilla te derribe.

Adiós, ve con ella, mas lleva tus pasos
por donde tú y yo jamás coincidamos.

VIOLA

Mi señor, os juro...

ORSINO

¡No haya juramentos!
Cumple en algo, aunque tengas tanto miedo.

Entra DON ANDRÉS

DON ANDRÉS

¡Por Dios santo, un médico! ¡Mandadle uno a don Tobías
ahora mismo!

OLIVIA

¿Qué ocurre?

DON ANDRÉS

Me ha partido la cresta y a don Tobías también se la ha li-
siado. ¡Por Dios santo, socorro! Daría cien ducados por estar en casa.

OLIVIA

¿Quién ha sido, don Andrés?

DON ANDRÉS

El paje del duque, un tal Cesario. Le creíamos un cobarde,
pero es el diablo *empersonificado*.

ORSINO

¿Mi paje Cesario?

DON ANDRÉS

¡Voto a...! ¡Aquí está! — Me habéis dado en la cabeza por
nada. Si algo os hice, don Tobías me incitó.

VIOLA

¿Por qué me habláis a mí? Yo no os he hecho daño.
Desenvainasteis sin motivo contra mí;
mi respuesta fue cortés, y no os hice daño.

DON ANDRÉS

Si lisiar la crisma es hacer daño, vos me lo habéis hecho.
Para vos eso no es nada.

Entran DON TOBÍAS *y* [FESTE] *el bufón.*

Aquí viene don Tobías cojeando; él también va a hablar. Si
no llega a estar bebido, os hace cosquillas de otro modo.

ORSINO

¿Qué ocurre, caballero? ¿Cómo estáis?

DON TOBÍAS

¡Qué importa! Me ha herido y ya está. — Bobo, ¿has visto a
don Médico, bobo?

FESTE

Lleva una hora borracho, don Tobías. Los ojos se le pararon
a las ocho.

DON TOBÍAS

Es un sinvergüenza, un arrastrapiés. Detesto a los borrachos
sinvergüenzas.

OLIVIA

¡Lleváoslo! ¿Quién los ha dejado tan maltrechos?

DON ANDRÉS

Yo os ayudo, don Tobías, que nos pueden vendar juntos.

DON TOBÍAS

¿Vos ayudar? ¿Un borrico, un majadero, un granuja carapálida, un primo?

OLIVIA

Acostadle y que le curen la herida.

> [*Salen* DON TOBÍAS, DON ANDRÉS, FESTE *y* FA-
> BIÁN.]
> *Entra* SEBASTIÁN.

SEBASTIÁN

Señora, siento haberle hecho mal a vuestro tío,
mas, si hubiera sido mi hermano de sangre,
también me habría obligado a defenderme.
Me lanzáis una extraña mirada, y por ella
me doy cuenta de que os he ofendido.

Perdonadme, amada mía, en nombre
de los votos que acabamos de cambiar.

ORSINO

Una cara, una voz, una ropa y dos personas.
Un espejismo material: es y no es.

SEBASTIÁN

¡Antonio! Mi querido Antonio,
¡qué tormento y qué tortura
desde que te he perdido!

ANTONIO

¿Eres Sebastián ?

SEBASTIÁN

¿Lo dudas, Antonio?

ANTONIO

¿Cómo has podido dividirte a ti mismo?
Partida en dos, una manzana no daría
dos mitades tan iguales. ¿Cuál es Sebastián?

OLIVIA

¡Es asombroso!

SEBASTIÁN

¿Acaso estoy ahí? Yo nunca tuve hermano,
ni poseo el don divino de estar
aquí y en todas partes. Tenía una hermana
que el mar ciego y encrespado devoró.
Por caridad, ¿tenéis conmigo parentesco?
¿Cómo os llamáis? ¿De qué país sois y de qué padres?

VIOLA

De Mesalia. Sebastián era mi padre,
y Sebastián el nombre de mi hermano.
Así vestido se hundió en el océano.
Si los espíritus adoptan figura y traje,
habéis venido a asustarnos.

SEBASTIÁN

Espíritu lo soy,
mas me envuelve la figura corporal
con que salí del vientre de mi madre.

Si fuerais mujer, pues lo demás coincide,
mis lágrimas bañarían vuestras mejillas
y diría: «Tres veces bienvenida, ahogada Viola».

VIOLA

Mi padre tenía un lunar en la ceja.

SEBASTIÁN

También el mío.

VIOLA

Y murió el mismo día en que Viola
cumplió los trece años.

SEBASTIÁN

Aún vive en mi alma ese recuerdo.
Es verdad que partió de esta vida
el día en que mi hermana cumplió trece.

VIOLA

Si sólo nos impide ser felices
este atuendo masculino que he usurpado,
no me abracéis hasta que las circunstancias
de lugar, tiempo y fortuna demuestren
que yo soy Viola. Para confirmarlo,
os llevaré a un capitán de esta ciudad
que guarda mi ropa de mujer; con su ayuda
me salvé y estoy sirviendo a este duque.
Mi vida ha discurrido desde entonces
entre este señor y esta dama.

SEBASTIÁN [a OLIVIA]

Señora, así es como os habéis equivocado.
Mas la naturaleza se ha guiado por su instinto.
Os habríais prometido a una virgen,
pero en eso no estabais engañada:
os habéis prometido a un hombre virgen.

ORSINO

No os quedéis absortos; él es de sangre noble.
Si nada es falso, y el espejismo es verdadero,
tendré mi parte en tan feliz naufragio. —

Muchacho, me habías dicho mil veces
que nunca querrías a una mujer tanto como a mí.

VIOLA

Y lo que dije volveré a jurarlo,
y lo que jure guardaré en mi alma
igual que guarda fuego el astro
que distingue el día de la noche.

ORSINO

Dame la mano
y deja que te vea vestida de mujer.

VIOLA

Mi ropa la tiene el capitán
que me trajo a tierra. Ahora está en prisión
por una demanda de Malvolio,
caballero y mayordomo de la dama.

OLIVIA

Le pondrá en libertad; traed a Malvolio.
Aunque, ¡ay de mí!, ahora que recuerdo,
dicen que el pobre está muy perturbado.

> *Entran* [FESTE] *el bufón, con una carta, y* FA-
> BIÁN.

Mi propio trastorno me abismaba
y el suyo se me fue de la memoria. —
Tú, ¿cómo está Malvolio?

FESTE

Pues, señora, tiene a raya a Belcebú todo lo que es posible
en su caso. Os ha escrito esta carta. Tenía que habérosla
dado esta mañana, pero, como las epístolas de un loco no
son los evangelios, da igual cuándo se entreguen.

OLIVIA

Ábrela y léela.

FESTE

Será edificante oír al bufón leyendo la epístola del loco:
[*gritando*] «Señora, por Dios...».

OLIVIA

¡Cómo! ¿Estás loco?

FESTE

No, señora; yo sólo leo locura. Si Vuestra Señoría lo desea
como es debido, tendré que darle *vox*.

OLIVIA

Anda, léela con tu cordura.

FESTE

Ya lo hago, señora, pero leer su cordura es leerla así. Conque, ponderad, princesa mía, y atención.

OLIVIA

Leedla vos.

FABIÁN [*lee*]

«Señora, por Dios que me agraviáis, y el mundo ha de saberlo. Aunque me hayáis encerrado en cuarto oscuro y me
hayáis dejado en manos de vuestro tío el borracho, estoy
tan en pleno uso de mis facultades como vos. Conservo
vuestra carta, que me indujo a mostrarme como hice y que
será para mí un gran desagravio y para vos, una gran vergüenza. Pensad de mí lo que queráis. Si desatiendo un
tanto el respeto, es porque hablo desde el fondo de mi
ofensa.

El locamente maltratado Malvolio».

OLIVIA

¿Él ha escrito eso?

FESTE

Sí, señora.

ORSINO

No suena mucho a locura.

OLIVIA

Fabián, libéralo y tráelo aquí.

[*Sale* FABIÁN.]

Señor, considerado todo esto, si os complace
aceptarme como hermana más que como esposa,

el mismo día se coronarán nuestros enlaces
aquí, en mi casa, a mis expensas.

ORSINO

Señora, acepto vuestro ofrecimiento. —
[*A* VIOLA] Tu amo te libera. Por tus servicios
contra la naturaleza de tu sexo
e inferiores a tu noble crianza,
y por las veces que me has llamado señor,
aquí está mi mano. Desde ahora te llamas
señora de tu señor.

OLIVIA

¡Ah, y mi hermana!

Entran [FABIÁN *y*] MALVOLIO.

ORSINO

¿Es este el loco?

OLIVIA

Sí, mi señor, el mismo. ¿Cómo estás, Malvolio?

MALVOLIO

Me habéis hecho un agravio, un notorio agravio.

OLIVIA

¿Yo, Malvolio? No.

MALVOLIO

Sí, señora. Os lo ruego, leed esta carta.
No iréis a negar que es vuestra letra.
Si podéis, escribid con otra letra u otro estilo
o decid que no es vuestro el sello o el mensaje.
Nada podéis negar. Pues bien, reconocedlo
y decidme, con honor y con mesura,
por qué me disteis esas muestras de favor,
ante vos me mandasteis sonreír y llevar ligas,
ponerme calzas amarillas, desdeñar
a don Tobías y a vuestra servidumbre
y, tras obedeceros con leal esperanza,
por qué habéis permitido que me encierren

en un cuarto oscuro, me visite el cura
y me convierta en el bobo más notorio
del que jamás se burlaron. Decidme por qué.

OLIVIA

¡Ah, Malvolio! Esta no es mi letra,
aunque confieso que es muy semejante;
sin duda alguna es la de María.
Ahora que recuerdo, fue ella la primera
en decir que estabas loco; entonces
entraste sonriendo y comportándote
según se te indicaba en esta carta. Cálmate:
te han gastado esta broma con malicia,
mas, cuando sepamos la razón y los autores,
tú serás demandante y juzgador
de tu propia causa.

FABIÁN

Señora, permitidme; no dejéis
que disputa ni futura discusión
enturbie la alegría de esta hora,
que me ha maravillado. Esperando que así sea,
confieso abiertamente que don Tobías y yo
le tendimos esta trampa a Malvolio
por su descortesía y brusquedad,
que nos hacían detestarle. María escribió
la carta tras el mucho insistir de don Tobías,
quien, en premio, se ha casado con ella.
En cuanto al gusto malicioso de la broma,
mueve más a risa que a venganza
si los agravios de ambas partes
se sopesan justamente.

OLIVIA

¡Ah, pobre! ¡Cómo te han burlado!

FESTE

Claro: «Unos nacen grandes, otros alcanzan la grandeza, y
a otros la grandeza se la imponen». Señor, en esta comedia
yo era un tal don Topacio, pero, ¡qué más da! «¡Por Dios,

bufón, que no estoy loco». ¿Os acordáis? «Señora, ¿por qué
reís con tan insípido bribón? Si no os reís, se queda amordazado». Y así la peonza del tiempo nos trae sus venganzas.
MALVOLIO
¡Me vengaré de toda vuestra banda!

[*Sale.*]

OLIVIA
Se le ha hecho un agravio muy notorio [44].
ORSINO
Seguidle e intentad que haga las paces.
Aún no nos ha hablado del capitán.

[*Sale* FABIÁN.]

Cuando todo se aclare y llegue el día dorado,
celebraremos la solemne unión
de nuestras amantes almas. Mientras, hermana,
en vuestra casa estaremos. — Ven, Cesario,
pues lo serás mientras seas hombre.
Mas, cuando aparezcas con tu otra ropa,
tú serás de Orsino la reina y señora.

Salen [*todos menos* FESTE.]

FESTE [*canta*]
          Cuando yo era un niño pequeñín,
          do, re, mi, do, hay viento y lloverá,

---

[44]   «Notorio» («notorious» en el original, que en inglés isabelino signifi-
caba lo mismo que en español) es palabra del vocabulario de Malvolio (la
usó antes en IV.ii, pág. 233, y ahora dos veces en su queja a Olivia). Como
explican tanto Lothian y Craik como Foakes en sus respectivas ediciones de
la obra, este eco de Malvolio no puede sonar con seriedad en boca de Olivia,
y menos con enojo. El tono tendría que ser más bien irónico o, a lo sumo, entre preocupado e irónico. Véase también Introducción, págs. 43-44.

una trastada sólo hacía reír,
pues un día y otro día lloverá.

Mas cuando la edad de hombre yo alcancé
do, re, mi, do, hay viento y lloverá,
a los granujas no querían ni ver,
pues un día y otro día lloverá.

Mas cuando, ¡ay de mí!, me vine yo a casar,
do, re, mi, do, hay viento y lloverá,
con las bravatas no podía medrar,
pues un día y otro día lloverá.

Mas cuando por fin llegué a la vejez,
do, re, mi, do, hay viento y lloverá,
con bebedores yo me emborraché,
pues un día y otro día lloverá.

Mil siglos hará que el mundo comenzó,
do, re, mi, do, hay viento y lloverá,
pero da igual, la obra terminó,
y agradaros cada día es nuestro afán [45].

[*Sale.*]

---

[45]   Sobre esta canción véanse nota y partitura en el Apéndice, págs. 258
y 263, así como Introducción, págs. 44-45.

APÉNDICE

CANCIONES DE *NOCHE DE REYES* *

La música ocupa un lugar importante en la obra de Shakespeare, especialmente en sus comedias. En las dos que aquí se ofrecen no escasean las canciones, si bien las melodías originales de EL SUEÑO DE UNA NOCHE DE VERANO no se han conservado. Las de NOCHE DE REYES han corrido mejor suerte. Ciertamente, se desconocen tres de ellas: la del verso «En el doce de diciembre...» (II.iii, pág. 181), la de «Ven a mí, ven a mí, muerte» (II.iv, pág. 188) y la de «Me voy, señor» (IV.ii, pág. 235). Sin embargo, las siete restantes se han podido identificar con gran probabilidad en unos casos y con absoluta seguridad en otros.

La primera de ellas es la célebre «O mistress mine» [«Amada mía...»], cantada por Feste en II.iii (págs. 179-180). Se conserva en dos piezas instrumentales que llevan este título, y la melodía se ajusta al texto de Shakespeare. La versión que aquí se ofrece fue transcrita y editada por Sidney Beck a partir de *First Book of Consort Lessons,* de Thomas Morley, publicado en 1599, e impresa en la edición de M. Mahood (véase pág. 49) y otras posteriores.

«Hold thy peace» [«Cállate...»] es un canon en el que intervienen los miembros de la fiesta nocturna de II.iii (pág. 181). Se han conservado dos versiones: la primera, publicada en la colección de Thomas Lant (1580), y la segunda, en *Deuteromelia* (1609), de Thomas Ravenscroft. La compañía de Shakespeare pudo utilizar cualquiera de las dos. La que aquí se ofrece es la segunda, que tiene un ritmo más animado que la anterior y suele preferirse en las ediciones y representaciones modernas.

---

* En la presente nota ha colaborado Miguel Ángel Centenero, quien también ha preparado las partituras que siguen.

El verso «Three merry men be we!» [«¡Y qué alegres los tres!»] procede del canon «Three merry men» y es cantado por don Tobías en II.iii (pág. 181). Los compases que aquí se ofrecen pertenecen a la versión recogida en *Catch that Catch Can,* de William Lawes, publicado en 1652. En cuanto al verso que canta don Tobías a continuación en la misma escena, «There dwelt a man in Babylon» [«En Babilonia vivía un hombre...»], hay dos fuentes posibles: la melodía recogida en *The Mulliner Book,* que data de la primera mitad del siglo XVI, y la de la famosa «Greensleeves», que es la que aquí se reproduce. No hay certeza absoluta de que esta fuese la melodía cantada en las primeras representaciones de la comedia, pero el verso original se ajusta a ella y hay una larga tradición teatral documentada que avala su uso.

«Farewell, dear heart» [«Adiós, mi amor...»], cantada a dúo por don Tobías y Feste en II.iii (pág. 182), procede de *First Book of Ayres,* de Robert Jones, publicado en 1600. La letra está entresacada de las dos primeras estrofas de «Corydon's Farewell to Phyllis», una de las canciones de la colección, y es una clara parodia del texto original.

«Hey, Robin» [«¡Eh, Robin...!»] es un canon un tanto elaborado que Feste canta parcialmente en IV.ii (pág. 233). Se cree que es el resultado de una colaboración entre Sir Thomas Wyatt (1503-42) y William Cornish (1465?-1523). Aquí se ofrece un arreglo de la parte cantada por Feste.

Por último, «When that I was and a little tiny boy» [«Cuando yo era un niño pequeñín...»], cantada por Feste al final de la obra (págs. 252-253), apareció por primera vez en *The New Songs in the Pantomime of the Witches; the Celebrated Epilogue in the Comedy of Twelfth Night,* de Joseph Vernon, publicado en 1772. No obstante, se cree que esta versión es un arreglo de una antigua melodía tradicional que Shakespeare utilizó para su epílogo (y después con otra letra en *El rey Lear,* III.ii). La presente transcripción, al igual que muchas contemporáneas, procede de *Popular Music of the Olden Time* (1859), de William Chappell, cuyo modelo fue la de Vernon antes citada.

1.   «O mistress mine» (II.iii, págs. 179-180)
[«Amada mía...»].

1.   A—ma—da   mí————a, ¿a————dón—de
2. Con el   a——mor   no hay   un   des-

vas?   O—ye, tu a—mor se a————cer—ca
pués: se go—za y rí————e   a la

ya;   O—ye, tu a—mor se a————cer—ca
vez;   se go—za y rí————e   a la

ya———————— con su al————to y ba————jo
vez—————; lo que ven————ga quién   sa—

son.   No, vi—da mí————a   no an-des
brá.   De na—da   sir————ve   pos—po—

más,   que siem—pre a—ca————ba el   ca—mi—
ner;   ven a be—sar————me,   lin—do

nar———— cuan-do te en-cuen-tra el a—mor.
bien———, siem-pre jo—ven no   se—rás.

2. **«Hold thy peace»** (II.iii, págs. 180-181)
[«¡Cállate!...»].

3. **«Three merry men be we!»** (II.iii, pág. 181)
[«¡Y qué alegres los tres!»].

4. «There dwelt a man in Babylon» (II.iii, pág. 181)
[«En Babilonia vivía un hombre...»].

En Ba —— bi – lo – nia vi — ví — a un hom —— bre,

¡ay, ay, a—y, se —ño ———— ra!

5. «Farewell, dear heart» (II.iii, pág. 182)
[«Adiós, mi amor...»].

Don Tobías

A—— diós, mi a—mor, pues he de ir–me ya.

Feste

Mi ——rad –le bien: sus días van a a–ca–bar.

Don Tobías   Feste

Mas no voy a mo –rir. En — e—so vos men–tís.

Don Tobías   Feste   Don Tobías

¿Le des-pi- do ya? ¿Qué le va a pa-sar? ¿Le des-pi-do

Feste

ya—— de—u–na vez? No, no,no,no,no,no os a–tre ——véis

6. **«Hey, Robin»** (IV.ii, pág. 233)
[«¡Eh, Robin...!»].

7.   «When that I was and a little tiny boy» (V.i, págs. 252-253)
[«Cuando yo era un niño pequeñín...»].

1. [ ] Cuan—do   yo e —— ra un ni – ño pe – que–ñín,   do, re,
2. Mas   cuan—do la e –dad   de —— hom–bre yo al–can–cé,
3. Mas   cuan—do ¡ay de mí!,   me —— vi – ne yo a ca–sar,
4. Mas   cuan—do por fin   lle —— gué a la ve–jez,
5. Mil   si – glos ha – rá   que el mun – do co —men–zó,

mi,   do,   hay vien–to y llo–ve–rá   u —— na   tras – ta — da
                                              a   los   gra – nu —— jas
                                              con   las   bra – va — tas
                                              con   be – be – do —— res
                                              pe —— ro   da i – gual,   la

só–lo ha–cía re–ír, pues un dí —— a   y o —— tro   dí – a llo–ve–rá,   do, re,
no que–rían ni ver,
no po–día me–drar,
yo me em–bo–rra–ché,
o – bra ter–mi–nó, y a–gra–da —— ros ca —— da   dí–a es nues–tro a–fán, do, re

mi,   do,   hay vien–to y llo–ve–rá, pues un dí – a y o —— tro   dí – a llo–ve–rá.
                            (5) y a–gra–da–ros ca —— da dí–a es nues–tro a–fán.

AUSTRAL